PRÉFECTURE DE POLICE.

RAPPORT

A M. LE MINISTRE DE L'INTÉRIEUR,

AU SUJET

DES MODIFICATIONS INTRODUITES DANS LE RÉGIME DU PÉNITENCIER DES JEUNES DÉTENUS.

Paris, le 29 Juin 1839.

MONSIEUR LE MINISTRE,

« Dans un rapport, en date du 30 mai 1838, j'ai eu l'honneur de vous signaler diverses modifications que j'avais cru devoir introduire dans l'organisation et dans le régime intérieur de la maison pénitentiaire des jeunes détenus ; et, en exposant les motifs qui m'avaient paru nécessiter ces changemens, j'ai expliqué avec quelles précautions et quels soins j'y avais procédé, et comment, en supprimant simultanément la *cantine* et le *denier de poche*, je m'étais attaché à restituer, par des moyens d'émulation analogues, ce que ces institutions, vicieuses à tant d'égards, pouvaient avoir d'avantageux comme mobiles du travail et de l'étude.

» Trois mois s'étaient à peine écoulés, que déjà je me croyais fondé à dire que mes arrêtés, notamment celui qui prescrivait le confinement solitaire permanent des enfans détenus par voie de correction paternelle, n'avaient été suivis d'aucune espèce d'inconvéniens ; que, loin de là, le nouveau régime paraissait exercer l'action la plus favorable sur le moral de tous, et que, très probablement, ce premier essai fournirait avant long-tems à l'Administration les moyens de répondre victorieusement aux objections, encore nombreuses alors, que suscitait l'emprisonnement solitaire.

» Ce qui, à cette époque, n'était encore qu'une innovation commencée sous d'heureux auspices, se trouve sanctionné aujourd'hui par une expérience de plus de quinze mois, et j'ai pensé que vous ne recevriez pas sans intérêt, Monsieur le Ministre, quelques détails sur les faits ultérieurs qui se sont produits, et sur l'état actuel des choses dans le pénitencier.

» Je parlerai d'abord du quartier de la correction paternelle et je commencerai par rappeler sommairement quelle en est l'organisation matérielle et disciplinaire, telle qu'elle résulte de mon arrêté-réglement du 27 février 1838, qui était joint au rapport précité du 30 mai suivant.

» Les enfans renfermés dans cette section occupent les cellules du premier étage d'une des ailes rayonnantes de la prison. Ces cellules, construites dans la pensée d'un système de séparation pendant la nuit seulement, sont peut-être trop peu spacieuses (elles ont environ sept pieds et demi sur six pieds) ; mais l'on a remédié à cet inconvénient par une ventilation constante qui renouvelle l'air autant qu'il est nécessaire. A la porte de chaque cellule est pratiqué un guichet qui met le détenu, dans quelque endroit de la cellule qu'il se place, sous les yeux des employés préposés à sa surveillance. Des calorifères sont disposés de manière à maintenir, pendant l'hiver, la température à un degré modéré. Le soir, toutes les cellules sont éclairées au moyen de lampes. Le coucher se compose d'un lit-hamac, consistant en une toile tendue de la muraille à la cloison opposée, et sur laquelle sont posés un matelas, un traversin, une couverture en été, deux en hiver, et une paire de draps changée tous les mois. Une petite table, une chaise et quelques objets de propreté complètent cet ameublement.

» Quant au régime disciplinaire, dont les bases sont aussi posées dans l'arrêté sus-mentionné, il n'est pas moins simple : Dès qu'il est entré dans le quartier de la correction, l'enfant n'est plus désigné que par le numéro de sa cellule. Le silence absolu est la règle première du quartier ; l'obligation d'une occupation constante est la seconde, et, comme dans cette catégorie particulière de détenus, la séquestration est trop courte pour permettre l'apprentissage d'un métier, on leur fait exécuter un travail qui peut être enseigné en quelques séances, comme, par exemple, la confection de chaussons de lisière, etc. A des heures déterminées, l'instituteur va donner une leçon de lecture, d'écriture ou de calcul dans les cellules, où d'ailleurs des livres de piété et de morale, et, si l'enfant a reçu un commencement d'instruction, les livres d'étude qui peuvent lui convenir, sont déposés et constamment à sa disposition. Le directeur de la maison, l'aumônier, le médecin, font aussi de fréquentes visites dans le quartier.

» Les parens sont admis, s'ils le désirent, à voir les enfans détenus une fois chaque semaine. Cependant l'Administration, d'accord avec le président du tribunal, a coutume d'interdire ces sortes de visites pendant les premières semaines, l'absence complète, dans le début, de tous rapports avec la famille ayant, ainsi qu'on l'a reconnu, un puissant effet d'intimidation et de repentir sur le délinquant.

» Chaque jour, si le tems le permet, un certain nombre d'enfans sont conduits dans les chemins de ronde de la prison pour s'y promener, et, en dérogation à l'art. 4 du réglement, qui prescrit une promenade en commun et par files, cet exercice a lieu isolément et sous la surveillance d'un gardien ; il résulte de là que chaque enfant ne sort de sa cellule que trois ou quatre fois par semaine, selon que le tems a été plus ou moins favorable, et aussi selon que la population du quartier est plus ou moins nombreuse.

» Le régime alimentaire est fixé ainsi qu'il suit :

Tous les jours.	Une livre et demie de pain bis-blanc, deux onces de pain blanc pour la soupe ou l'équivalent en riz.
Cinq fois la semaine.	Une soupe grasse aux légumes le matin ; quatre onces de viande de bœuf désossé pour le dîner.
Deux fois la semaine.	Soupe maigre aux haricots, aux pois ou au riz, avec quelques légumes verts, le matin ; fricassée des mêmes substances pour le dîner.

» L'habillement se compose d'une veste et d'un pantalon, en drap pendant l'hiver, en toile pendant l'été, et d'une chemise changée toutes les semaines.

» Tels sont en résumé les dispositions matérielles et le régime du quartier de la correction paternelle dans le pénitencier des jeunes détenus.

» Reste à en faire connaître les résultats :

» Avant la réforme introduite, et lorsque les enfans étaient abandonnés à tous les dangers de la vie commune, les récidives étaient dans les proportions de *trente* sur *cent trente*. Depuis quinze mois, que la séquestration est complète, il n'y a eu que *sept* récidives sur *deux cent trente-neuf* enfans qui, dans ce laps de tems, ont été incarcérés sur la demande des familles.

» Ce résultat inespéré de l'Administration serait acheté trop cher s'il était acquis au prix de certains inconvéniens que quelques personnes avaient redoutés, comme par exemple, une perturbation dans l'état sanitaire ou dans les facultés morales. Fort heureusement, ainsi que je le faisais pressentir l'année dernière, aucune de ces craintes ne s'est réalisée. Loin de là, c'est à tous égards le contraire qui s'est manifesté.

» Dans les derniers mois de 1838 et les premiers mois de 1839, le pénitencier a été frappé d'une maladie épidémique, et, quelquefois, sur une population générale de 500 à 550 individus, 90 se sont trouvés ensemble à l'infirmerie. Or, une circonstance digne de remarque, et qui est bien faite pour ôter toute inquiétude relativement à l'effet que peut avoir la détention séparée sur la santé des prisonniers, c'est que, pendant le plus fort de l'épidémie, seulement un ou deux enfans de la correction paternelle en ont été légèrement atteints, et qu'aujourd'hui, où le nombre des malades ou convalescens dans la population soumise au travail en commun est encore de 1 sur 9 1/2, il ne s'en trouve pas un seul sur 42 enfans renfermés dans ce même quartier, ni parmi 90 autres qui ont été cellulés dans d'autres parties de la maison.

» Quant à l'effet produit par l'emprisonnement cellulaire sur l'état moral et les facultés intellectuelles des détenus, rien n'autorise à penser que ce système ait eu, en quoi que ce soit, une influence défavorable. On aurait pu craindre qu'une solitude absolue et prolongée agît d'une manière fâcheuse sur l'esprit encore peu développé d'un adolescent; mais on a vu plus haut que telle n'est point la détention que subissent les enfans séquestrés dans le pénitencier. Plusieurs fois par jour, en effet, ils sont visités ou par leurs parens, ou par les employés supérieurs de l'établissement, ou par les hommes préposés à leur surveillance, à leur éducation industrielle ou au service de leur subsistance, etc. Si l'on se rappelle qu'à ces causes de distraction s'ajoutent celles qui naissent de la promenade de tems en tems, de la lecture, du travail, on se persuadera sans peine que l'isolement des détenus, qui, en définitive, n'existe réellement que des uns à l'égard des autres, ne peut avoir sur leur moral aucune action pernicieuse.

» Ce qui a été dit précédemment, relativement aux récidives dans les deux systèmes, constate, d'ailleurs, l'efficacité du cellulement, quant à l'action répressive.

» Une autre circonstance très-importante, et au sujet de laquelle l'Administration n'était pas sans concevoir quelque appréhension, c'est que les penchans dépravés qui naissent chez les enfans dans la vie commune s'amortissent dans l'isolement, à tel point que des enfans, dont la santé s'épuisait naguère par ces désordres, en ont presque tout-à-fait perdu l'habitude depuis leur séquestration. Ce résultat physiologique, que les adversaires du confinement solitaire avaient annoncé devoir se manifester dans le sens opposé, et avec l'intensité la plus déplorable, paraît maintenant un fait acquis, et, dans les prisons des jeunes délinquans surtout, ce ne sera pas l'un des moindres bienfaits de la réforme.

» Telles sont, Monsieur le Ministre, les circonstances particulières au quartier de la correction paternelle dont je voulais vous instruire; j'ajouterai maintenant quelques renseignemens concernant l'ensemble de la maison pénitentiaire.

» Le succès obtenu depuis quinze mois dans le quartier de la correction paternelle m'a déterminé à hâter l'accomplissement des projets que depuis longtems je préparais, et dont j'avais maintes fois entretenu verbalement votre prédécesseur. Malgré les ressources exiguës du budget ordinaire des prisons de la Seine, je suis parvenu à faire exécuter dans plusieurs étages de cellules des travaux d'appropriation semblables à ceux qui, dans le quartier de la correction paternelle, ont précédé la séquestration permanente des détenus; et, en ce moment, ainsi que j'ai déjà eu occasion de le faire remarquer, 90 enfans, détenus en vertu des articles 66 et 67 du Code pénal, sont cellulés et soumis aux règles disciplinaires déterminées par mon réglement du 27 février 1838. Parmi ces enfans, 30 ont été séquestrés par mesure de punition, 40 sont des convalescens sortant de l'infirmerie, envers qui l'heureuse expérience faite dans le quartier de la correction paternelle a conduit à faire l'application du régime solitaire, moyen qui a eu les meilleurs résultats, puisque, en moins de quinze jours, ces enfans sont presque tous entrés en voie de complète guérison; enfin les 20 autres sont confinés sur leur propre demande. Excepté les malades, tous ces enfans sont occupés. Les uns sont ciseleurs sur cuivre, d'autres tourneurs, d'autres fabriquent des tabatières communes, etc.

» C'est ici le moment de constater un fait d'une haute importance; le produit du travail des enfans mis en cellule équivaut à près du double de ce qu'il était dans les ateliers; ce travail est plus soigné; il n'arrive plus que les objets sur lesquels il s'exerce soient gâtés par méchanceté ou malice, comme cela a lieu fréquemment dans la réunion; l'apprentissage est devenu plus facile et plus prompt; enfin, par tous ces motifs, la plupart des entrepreneurs de travaux désirent une application générale du système de l'isolement.

» Ce fait capital achève de détruire les trois principales objections élevées contre le régime de la séquestration séparée. « Dans cet état, disait-on, *le travail sera nul, le détenu n'étant stimulé ni par l'émulation ni par l'œil du maître :* » or, c'est tout le contraire qui arrive: le travail s'est considérablement accru. « *La constitution s'altérera; le prisonnier, privé d'air et d'exercice extérieur, perdra ses forces, s'étiolera.* » Mais, puisqu'il est prouvé qu'il produit plus, c'est qu'il lui est possible de dépenser une somme de forces plus grande, et que conséquemment sa santé conserve toute sa vigueur. « *Enfin*, objecte-t-on encore, *les facultés intellectuelles ne sauraient résister à la funeste puissance d'une solitude constante, ou presque constante; et, sinon chez tous les détenus, chez beaucoup du moins, il se manifestera un sombre désespoir ou bien une tendance à l'idiotisme et à l'insanité.* » Or, ces craintes sont également vaines, puisque les contre-maîtres des travaux et les élèves s'accordent à dire que l'apprentissage a perdu dans la solitude la moitié de ses difficultés et de ses lenteurs, ce qui est loin de dénoter que les intelligences mises en œuvre aient rien perdu de leurs facultés.

» Sans doute l'expérience d'où ces observations dérivent n'a point encore eu assez de durée pour que toutes les phases du nouveau système se soient produites ou nettement dessinées; et il serait téméraire peut-être d'en conclure que le confinement solitaire, même mitigé comme il vient d'être dit, est absolument exempt de tous inconvéniens, ou qu'il possède une puissance répressive complètement efficace. Mais si on rapproche l'épreuve, datant déjà de quinze mois, faite dans le quartier de la correction paternelle à Paris, des circonstances constatées dans diverses autres prisons de l'Europe et de l'Amérique; si surtout on place ses résultats en regard de tout ce qu'il y a de vicieux, de stérile, de funeste même, dans l'emprisonnement en commun, on restera persuadé que les inconvéniens sont infiniment moins graves et moins nombreux dans le système moderne que dans l'ancien, et qu'ainsi, tout imparfait que peut être encore ce système, ce sera avoir fait un grand pas dans la voie du progrès que d'en adopter le principe et d'en étendre l'application.

» Ma conviction sur ce point est si bien établie, que je n'hésite pas à faire continuer, autant que les allocations du budget le permettent, les travaux de ventilation et la confection des objets mobiliers nécessaires pour appliquer dans de nouveaux quartiers le cellulement absolu; et si, comme je l'espère, Votre Excellence donne son assentiment à ce projet, je me propose de demander au Conseil général, dans sa prochaine session, les crédits nécessaires (environ 20,000 f.) pour achever de disposer toute la maison d'après le même système, et de le prier d'augmenter d'une somme égale, destinée à compléter le personnel, le chauffage et l'éclairage, les allocations nécessaires aux dépenses courantes de l'établissement, en 1840.

» J'aurai aussi quelques travaux de bâtiment à demander au département, et notamment la conversion en cellules de quelques localités du rez-de-chaussée, pour y placer les enfans exerçant l'industrie des fabricans de meules, la plus importante à conserver de toutes celles qui ont été introduites dans le pénitencier. Mais ces travaux d'appropriation, quels qu'ils soient, seront beaucoup moins dispendieux sans doute que n'eussent été ceux auxquels aurait obligé le maintien du système en commun, puisque, dans ce cas, il aurait fallu ériger des constructions nouvelles pour abris, chauffoirs, ateliers de supplément, etc.

» D'un autre côté, l'accroissement des dépenses afférentes au personnel, au chauffage, à l'éclairage, circonstances dont je viens de parler, sera atténué par une économie sur l'habillement, la chaussure, et probablement par une augmentation du produit du travail; de telle sorte que, tout balancé, il est à présumer que la substitution intégrale du régime, du confinement séparé au système mixte actuellement en vigueur ne sera point onéreuse au département, malgré quelques frais inévitables de premier établissement, et une augmentation apparente des dépenses annuelles. Je n'ai pas besoin de vous faire remarquer, Monsieur le Ministre, que cela sera vrai jusqu'à l'évidence dès le moment où, comme cela ne peut manquer, l'action répressive et l'action réformatrice du nouveau système commenceront à influer sur le nombre des délits.

» Je crois, Monsieur le Ministre, n'avoir rien omis d'essentiel dans ce compte-rendu de mes actes et de leurs résultats, en ce qui concerne le pénitencier des jeunes détenus. Je m'empresserai, au surplus, de satisfaire aux questions que Votre Excellence jugerait convenable de m'adresser, et de lui transmettre tous les renseignemens complémentaires qu'elle croirait devoir réclamer.

» Je joins ici, comme document de cette nature, ampliation d'un arrêté que j'ai pris le 5 de ce mois, pour établir dans la même maison un mode de distribution de prix, ayant pour but de compléter et d'accroître les bons effets de l'institution de la *table d'honneur*, et de créer de la sorte un double système d'encouragement, applicable également dans le régime actuel de l'emprisonnement en commun et dans celui de la séquestration cellulaire qui doit lui succéder.

» Agréez, Monsieur le Ministre, l'hommage de mon respect.

» *Le Conseiller d'État, Préfet de Police,*

» **G. DELESSERT**. »

PRÉFECTURE DE POLICE.

RAPPORT

A M. LE MINISTRE DE L'INTÉRIEUR,

AU SUJET

DES MODIFICATIONS INTRODUITES DANS LE RÉGIME DU PÉNITENCIER DES JEUNES DÉTENUS.

Paris, le 29 *Février* 1840.

MONSIEUR LE MINISTRE,

Par le rapport que j'ai eu l'honneur de vous adresser le 29 juin dernier, j'ai rendu compte à Votre Excellence des réformes déjà opérées dans le pénitencier des jeunes détenus, et indiqué les dispositions que je préparais, afin d'arriver promptement à substituer dans cet établissement le régime du confinement séparé permanent au régime défectueux et sans caractère précis qui l'avait gouverné depuis sa création. Par votre lettre en date du 31 janvier, vous m'avez invité à vous transmettre, sur l'exécution de ces projets et sur l'état de choses qui s'en est suivi, des détails circonstanciés d'après lesquels on puisse juger de l'influence qu'a exercée sur le régime nouveau une application plus longue et plus générale des principes sur lesquels il repose.

Je m'empresse de satisfaire au désir de Votre Excellence.

Dernières dispositions pour l'Encellulement

Bien que, ainsi que je vous l'avais fait connaître, les travaux d'appropriation qui devaient précéder l'encellulement ne pussent, l'année dernière, être effectués que dans des limites restreintes, j'étais parvenu, à la fin d'octobre, à faire confiner séparément 233 enfans sur 508 que renfermait l'établissement. Vers cette époque, survinrent les votes du conseil général, dans lesquels je trouvais à la fois, outre les allocations financières les plus indispensables, une entière approbation des innovations déjà faites et un concours assuré pour l'avenir. Je pus dès-lors marcher d'un pas plus ferme vers le but auquel j'aspirais : par des marchés, par des instructions, par des ordres verbaux que je donnai moi-même sur les lieux, toutes choses furent disposées de façon que la substitution d'un régime à l'autre put s'opérer intégralement dans les premiers jours de 1840.

Effectivement, au 22 janvier dernier, il ne se trouvait plus dans le régime commun que 21 enfans, lesquels sont aujourd'hui réduits à 12, qu'un motif particulier, dont je parlerai tout à l'heure, n'a pas permis d'isoler complètement.

Ainsi, au 1er février, la population de la maison pénitentiaire était composée et répartie comme il suit :

Enfans	détenus par voie de correction paternelle (quartier spécial)..	37	437	cellulés le jour et la nuit.
Id.	détenus en vertu de l'art. 67 du Code pénal.	6		
Id.	détenus en vertu de l'art 66 du même Code.	394		
Id.	*Id.* *Id.*.		12	cellulés la nuit seulement.
	Ensemble.		449	

Nombre égal à celui des cellules du pénitencier, défalcation faite de celles qui composent le quartier d'infirmerie, de celles qui sont réservées pour les employés préposés à la surveillance, des cellules de punition, et de quelques-unes qu'il a fallu mettre à la disposition des entrepreneurs ou contre-maîtres des travaux.

Infirmerie.

Il eut été à désirer qu'afin de ne pas restreindre encore le nombre déjà si insuffisant des cellules affectées à la détention proprement dite, on eût pu éviter la création d'un quartier destiné uniquement au traitement des malades; mais il a été reconnu qu'en laissant ceux-ci dans leurs cellules ordinaires, le service du médecin, celui de la pharmacie et des infirmiers, lequel, dans ce cas, devrait nécessairement s'étendre dans toutes les parties de la maison, serait alors à peu près impossible; et que, d'ailleurs, pour les malades, il y aurait l'inconvénient grave résultant du travail opéré dans les cellules voisines de la leur. De là la nécessité de réserver un quartier pour l'infirmerie, qui se trouve de la sorte organisée cellulairement, comme le reste de la maison.

Quant aux cellules de punition et à celles qu'on a abandonnées aux employés et aux chefs d'ateliers, la nécessité de ces destinations est évidente.

Je suis entré dans ces détails, afin que Votre Excellence comprît bien comment il arrive que, quoique le pénitencier renferme en réalité 550 cellules, 450, voire même, lorsque nous serons arrivés à l'état tout-à-fait normal, 436 enfans seulement pourront y être renfermés.

Insuffisance de l'Établissement.

Les prévenus et un certain nombre de condamnés n'y peuvent être renfermés.

Tel est donc aujourd'hui le chiffre maximum possible de la population de cet établissement. Jusqu'à ce qu'il ait été agrandi au moyen de subdivisions convenables faites dans les localités que le changement de régime rend disponibles (agrandissement dont j'ai eu récemment occasion de vous entretenir, Monsieur le Ministre, et qui d'ailleurs fera de ma part l'objet d'une proposition spéciale au conseil général), tous les jeunes prévenus et tous les condamnés excédant ce maximum devront forcément être détenus dans une autre prison. Cette nécessité, au surplus, n'est pas nouvelle et ne tient pas uniquement à la généralisation dans la maison des jeunes détenus du nouveau système de détention; car depuis longtems déjà l'accroissement des jeunes délinquans m'avait obligé à organiser, dans la maison d'arrêt des Madelonnettes, et sous un régime analogue à celui qui régissait naguère le pénitencier, un quartier séparé pour les enfans.

Quoi qu'il en soit, la maison pénitentiaire est aujourd'hui définitivement constituée d'après le système de la séquestration cellulaire de jour et nuit, pour la détention correctionnelle de 436 à 450 jeunes garçons frappés par les dispositions des articles 66 et 67 du Code pénal.

Nature du Régime actuel; ses avantages.

Dans mon rapport précité du 29 juin dernier, j'ai eu soin de faire remarquer à Votre Excellence combien ce régime de simple séparation différait du régime de rigoureuse solitude désigné sous la dénomination de *système pensylvanien*. Dans ce système, le but principal est l'intimidation. Dans celui que j'ai adopté, ce qu'on a surtout en vue, c'est l'isolement des détenus à détenus. Celui-là produit la terreur du châtiment plutôt qu'il ne corrige; celui-ci, en prévenant l'inoculation réciproque des penchans vicieux, et en permettant d'exercer sur chaque détenu une action individuelle, qu'aucune force extérieure ne combat, réunit les avantages les plus réels du système pensylvanien; et, de plus que ce système, il offre des chances nombreuses de réformation qui résultent de l'exhortation, de l'instruction et du travail, instrumens d'une grande puissance lorsqu'ils agissent sans obstacles. Dans mon opinion, le confinement solitaire *absolu* est surtout appliquable aux adultes endurcis dans le crime, et qu'une longue habitude d'une vie déréglée a rendus inaccessibles au repentir; mais pour des adolescens, chez qui le vice n'est qu'un germe et dont les fautes n'ont souvent d'autre principe que la misère, ou l'abandon dans lequel les ont laissés leurs familles, la sévérité d'une pareille détention, non seulement serait inutile, mais encore elle serait moins efficace que les moyens constituant le régime dont je viens d'exposer le caractère, et dont une épreuve de deux ans, faite au quartier de la correction paternelle, garantit d'ailleurs l'innocuité.

Discipline.

La discipline du pénitencier, dès le moment où le cellulement y est devenu général, a cessé d'être régie par les réglemens communs aux prisons de la Seine, et c'est mon arrêté du 27 février 1838, pris en vue du quartier spécial de la correction paternelle; qui, à cet égard, fait maintenant la loi de l'établissement entier. J'ai fait connaître à Votre Excellence que l'incognito, le silence et le travail étaient les bases de cette discipline. J'ajouterai qu'elle est, en toutes ses parties, aussi rigoureusement observée, depuis qu'elle s'applique à 450 enfans, que lorsqu'elle n'était en vigueur que dans un seul quartier, et que cette notable transformation s'est opérée sans désordre et sans rencontrer de résistance d'aucune part.

Personnel de la Surveillance.

Pour assurer le nouveau service, il a suffi d'augmenter de deux employés le personnel spécial de la surveillance, lequel est aujourd'hui composé de :

1 brigadier ou inspecteur principal;
18 surveillans ou inspecteurs de quartiers;
12 garçons de service.

Cette organisation assure à chacun des étages des six subdivisions de la maison, les soins permanens d'un employé, auxquels vient naturellement en aide, pendant le jour, la présence des contre-maîtres d'atelier que les entrepreneurs de travaux entretiennent à leurs frais. Un service de rondes de nuit, non interrompu et dirigé de telle sorte que son inspection dans les corridors de cellules soit toujours inopinée, complète le système de surveillance, et rend perpétuelle son action dans toutes les localités de la maison, où, au demeurant, règne l'ordre le plus parfait.

Promenades. — Parloir.

Les employés ont en outre à conduire les enfans au parloir pour communiquer avec les parens admis de tems à autre à les visiter, et successivement, et un à un, sur les préaux pour les promener; car il m'a semblé que le mouvement et la locomotion étaient des conditions nécessaires du développement physique, et il aurait fallu que la disposition des localités rendît l'exercice en plein air impossible, sans détruire l'isolement des détenus vis-à-vis les uns des autres (condition que je regarde comme le fait culminant de l'emprisonnement réformé), pour que je n'en fisse pas une obligation.

Par des motifs que Votre Excellence appréciera, il n'a pu être question non plus d'interdire les communications entre les enfans et leurs parens. A cet égard encore, les jeunes détenus sont dans une position différente de celles des adultes; et, quelles que soient les règles que déterminera pour ceux-ci la nouvelle législation pénitentiaire, elle devra sur ce point laisser une grande latitude à l'Administration qui, seule, peut juger, d'après la moralité des familles, dans quels cas et avec quelles personnes il y a lieu de refuser ou d'autoriser les communications.

Quoi qu'il en soit, ces communications ont lieu comme par le passé au pénitencier, c'est-à-dire tous les dimanches; seulement, le nombre des enfans en faveur desquels elles sont tolérées a été restreint autant que cela est nécessaire pour que chacun d'eux ne puisse s'entretenir avec son visiteur que séparément et sous les yeux d'un employé. A cet effet, et jusqu'à ce que les divisions convenables aient été établies dans le parloir central actuel, objet dont je m'occupe en ce moment, plusieurs parloirs provisoires ont été ouverts sur différens points de la maison, et cette mesure a parfaitement atteint le but qu'on se proposait.

La promenade sur les préaux s'effectue d'une façon et dans des limites analogues. Le pénitencier, dont les dispositions sont vicieuses à beaucoup d'égards, offre du moins des facilités sous ce rapport. Outre le chemin de ronde, il s'y trouve sept cours parfaitement distinctes où les enfans peuvent successivement prendre l'air sans se voir et sans qu'aucune sorte de relation puisse s'établir entre eux. Le nombre de ceux qui y sont conduits chaque jour varie selon les saisons, et selon que le tems est plus ou moins favorable. On calcule que chacun des détenus pourra sortir une fois tous les cinq ou six jours en hiver, une fois tous les trois ou quatre jours en été, chaque promenade devant durer vingt ou trente minutes. Des faits nombreux attestent que cet exercice, quelque court et rare qu'il paraisse, suffit pour entretenir dans le meilleur état la santé et les forces de ces enfans; et, au surplus, s'il arrivait que plus tard on reconnût que des sorties plus fréquentes et plus prolongées sont nécessaires, en partageant chaque préau en deux parties et en y construisant de légers abris pour mettre les promeneurs à couvert en tems de pluie, on arrivera facilement à en tripler le nombre. Ainsi, cette condition *sine quâ non* du confinement solitaire des jeunes détenus, l'exercice extérieur, ne m'a nullement embarrassé.

Exercice du Culte.

Quelques difficultés qui se sont présentées dans le principe, pour les cérémonies de la célébration du culte et pour l'enseignement religieux, ont été aplanies, grace au concours qu'ont bien voulu m'accorder feu monseigneur l'archevêque de Paris et depuis M. le vicaire-général abbé Affre, président du chapitre diocésain.

La messe est célébrée tous les dimanches dans la chapelle, et les dispositions ont été faites de manière à ce que tous les détenus puissent y participer mentalement. A cet effet, dans chaque corridor, des enfans préparés par l'aumônier, et qu'on ne peut apercevoir de l'intérieur des cellules, récitent à haute voix les prières, suivant les indications qui leur sont données par une cloche placée dans la chapelle, et eux-mêmes font à leur tour connaître aux détenus les différentes phases de l'office en agitant une sonnette.

Par ce moyen fort simple et qui ne contrevient pas aux règles canoniques, la messe est suivie et se termine dans tous les quartiers de la maison comme à la chapelle, où les enfans apporteraient certainement moins d'attention et de recueillement qu'ils n'en montrent dans l'isolement de leurs cellules.

Enseignement religieux.

Ici, je me suis trouvé embarrassé par l'insuffisance des aumôniers, lesquels, au nombre de trois, ne pourraient suffire à l'enseignement religieux, à la préparation à la première communion, et aux soins spirituels de 450 enfans qu'il faut instruire séparément; car les réunir, même de tems en tems, eût été mettre fin tout d'abord au système de l'isolement, qui doit être invariable et sans exception aucune.

Avec le concours de l'autorité ecclésiastique, il a été suppléé à cette insuffisance dans le personnel des aumôniers par l'admission de plusieurs frères de la Doctrine chrétienne qui, à des heures fixes et déterminées, viennent enseigner le Catéchisme aux enfans, et les préparent ainsi aux dernières instructions qu'ils reçoivent des aumôniers.

Enseignement élémentaire.

L'enseignement élémentaire, dans le pénitencier, a eu lieu, depuis l'origine de l'établissement jusqu'à ces derniers tems, d'après la méthode de l'enseignement mutuel et simultané. C'est en effet le système le plus usité et probablement le meilleur, lorsque rien n'empêche que les élèves reçoivent ensemble et dans le même local des leçons de l'instituteur : c'est donc celui qui avait été adopté dans le régime de la détention en commun, qui gouvernait naguère la maison. Mais aujourd'hui que ce régime a fait place à celui de la séparation continue, l'ancienne méthode d'enseignement a cessé de convenir ou même d'être praticable, et il a fallu en chercher une autre.

Ce n'était pas facile à trouver. Cependant un moyen *scriptalégique*, inventé par le greffier chargé depuis longtems des fonctions d'instituteur dans la maison, satisfait aux conditions essentielles requises par le nouvel état de choses, sans que l'isolement permanent se trouve en rien compromis.

Cette méthode nouvelle a la propriété d'enseigner, en même tems que l'écriture, la lecture des caractères écrits et celle des caractères imprimés, et, en même tems que la valeur et l'orthographe des mots, la construction des phrases ; et de plus, elle possède cette autre propriété d'une importance très-grande dans les circonstances actuelles, de rendre accessible l'enseignement à l'individu le moins lettré, pourvu qu'il sache lire seulement ; de telle sorte que, dans toutes les parties de la maison, l'instruction est donnée par les employés préposés à la surveillance, et que l'instituteur, homme plein de zèle et d'intelligence, dont le service est tout d'inspection et de contrôle, peut, aussi bien que dans le système en commun, présider à l'enseignement de la population entière.

Les résultats qui se sont révélés depuis deux ans dans le quartier de la correction paternelle m'autorisent à ajouter qu'il est hors de doute que les progrès des élèves seront bien plus marqués dans la séquestration solitaire, où l'étude devient une distraction et où l'aptitude se développe, que dans l'école commune, où ils considéraient comme un véritable travail la tâche qui leur était imposée, et où leur attention était continuellement détournée des leçons de l'instituteur.

Travail industriel.

L'organisation du travail, dans le nouveau régime, était à la fois le point le plus important et celui qui paraissait devoir rencontrer le plus d'obstacle, d'après l'opinion assez généralement reçue que la plupart des métiers ne se prêteraient pas à cette transmutation. D'un autre côté, les travaux industriels des détenus renfermés dans les prisons de la Seine étaient depuis nombre d'années affermés à un entrepreneur général, qui lui-même avait pour sous-traitans des confectionnaires particuliers, et le pénitencier ne faisait pas exception à cette règle. Entre les projets que j'avais conçus et leur réalisation, se trouvait donc interposé un tiers qui croyait avoir intérêt à repousser l'isolement des travailleurs, et qui se prétendait fondé à s'y opposer, armé qu'il était d'un traité dont toutes les dispositions avaient en vue le travail en commun. C'est principalement à cette cause qu'il faut attribuer les retards survenus dans l'exécution des projets que je méditais et préparais depuis trois ans.

Le bail de l'entreprise des travaux expirant à la fin de 1839, je dus saisir avec empressement cette occasion pour distraire le pénitencier de l'adjudication destinée à renouveler le marché. Je n'ai eu qu'à m'applaudir de cette mesure, qui a rendu à l'Administration la liberté d'action, sans laquelle aucune idée progressive n'est réalisable, et qui, d'ailleurs, si j'en juge par ce qui s'est passé depuis, réagira très avantageusement sur l'enseignement industriel.

Toutefois, mon intention n'a jamais été que l'Administration se chargeât elle-même directement du soin de faire travailler les enfans et de leur procurer à cet effet des instrumens et des matières. Le changement introduit consiste seulement dans l'élimination de l'entreprise générale, intermédiaire entre l'Administration et les confectionnaires, utile dans les autres prisons, mais gênant au pénitencier, ne fût-ce qu'en compliquant la question du taux des salaires, que, dans sa position de spéculateur, l'entreprise générale ne peut envisager du point de vue de l'instruction professionnelle, le seul où l'Administration doive se placer. Tel a été aussi l'avis du conseil général, qui a émis cet avis dans sa dernière session. Ainsi, l'Administration traite aujourd'hui directement avec les confectionnaires. Tel est, dans l'espèce, le principe qui m'a paru le mieux convenir, et que j'ai adopté pour le pénitencier depuis le 1er novembre dernier.

Choix des Industries.

Parmi les fabricans établis à l'époque du changement de régime, je n'ai conservé que ceux dont les vues et l'industrie étaient compatibles avec l'emprisonnement cellulaire; tous les autres ont été écartés. Pour ce qui regarde le choix des professions introduites depuis, ou qui le seront à l'avenir, il existe des principes dont j'ai voulu qu'on se tînt le plus près possible. Les métiers dont l'apprentissage est long et difficile, ceux dont les produits ne sont pas d'une consommation usuelle, ceux où le travail s'opère principalement par des machines que l'homme ne fait que mouvoir et servir, ceux qui ne s'exercent en ville que dans un petit nombre d'ateliers, et qui, par conséquent,

offrent à l'ouvrier peu de chances de placement, tous ces métiers doivent être exclus du pénitencier ; tandis qu'au contraire, les professions qui n'exigent ni une aptitude plus qu'ordinaire ni un enseignement prolongé, celles qui sont très répandues et toujours occupées, celles où l'ouvrier achève l'objet qu'il commence, et ne se borne pas à l'ébaucher dans une de ses parties, celles où le travail de l'homme est presque l'unique travail, et où il n'est fait usage que d'instrumens simples et peu coûteux, devront être considérées comme seules propres à assurer les résultats que l'Administration veut obtenir, c'est-à-dire *créer pendant la détention le goût et la faculté d'un travail productif, qui, au jour de la libération, éloigne l'oisiveté et le dénuement, causes premières de tous les délits.*

Salaires.

Je n'ai pas réglé avec moins de soin la question des salaires, car c'est d'elle que dépend surtout, à mon sens, l'instruction industrielle des enfans. Pendant la durée d'un traité, le salaire peut être réparti de telle sorte que l'entrepreneur ait intérêt à exploiter, autant que possible, le travail des détenus dès le jour de l'ouverture de son atelier, et sans songer à l'avenir, ou bien il peut l'être, au contraire, de manière à l'obliger à leur enseigner d'abord son état, pour obtenir plus tard une valeur plus grande de leur main-d'œuvre. Un salaire presque nul d'abord, mais s'élevant de période en période, de façon à se trouver, dans les derniers tems de la détention, porté à un prix approchant de celui que reçoit en ville un apprenti libre, devait avoir ce résultat. C'est donc sous l'influence de cette combinaison qu'ont été arrêtés les traités passés avec les confectionnaires, lesquels traités ont presque tous été passés pour quatre ans.

Afin que vous puissiez apprécier d'un coup d'œil, Monsieur le Ministre, l'organisation actuelle du travail dans le pénitencier, j'ai groupé dans le petit tableau ci-après les faits saillans de cette organisation :

NATURE des INDUSTRIES.	NOMBRE d'enfans occupés.	SALAIRE pendant la première période (1re année).	SALAIRE pendant la dernière période (4e année).	OBSERVATIONS.
Ciseleurs sur cuivre.	45	0 25	0 60	Il est à remarquer que les confectionnaires, outre qu'ils fournissent la plupart des cautionnemens, sont tenus de contribuer au chauffage et à l'éclairage, de fournir des tabliers de cuir ou de toile aux travailleurs.
Bijoutiers en faux.	90	0 15	0 65	
Fabricans de boucles.		0 15	0 65	
Doreurs sur bois.	20	0 25	0 75	
Ébénistes et Doreurs sur bois.	60	0 25	0 65	
Fabricans de chaînes en laiton (1).	40	0 20	0 40	
Tourneurs et Monteurs sur cuivre.	14	0 25	0 65	
Serruriers.	33	0 20	0 50	
Fabricans de boutons de métal.	20	0 20	0 60	
Fabricans de fouets.	17	0 25	0 60	
Cordonniers.	33	0 20	0 60	
Fabricans de cabas en soie végétale (2).	11	0 20	0 40	
Chaussonniers (3).	15			
Idem.	30 (4)			
Nombre de travailleurs au 1er février.	428			

(1) La durée de cette industrie est limitée à trois ans, et on n'y applique que les enfans les plus petits, qu'on ne pourrait facilement classer dans les autres ateliers.

(2) Atelier provisoire, et qui, s'il s'organisait d'une manière définitive, serait limité à une durée de trois ans.

(3) Attendant leur classement dans d'autres ateliers.

(4) Quartier de la correction paternelle.

Conditions d'apprentissage imposées aux Entrepreneurs.

Indépendamment des conditions relatives aux salaires, j'ai exigé des entrepreneurs l'engagement formel de montrer et d'enseigner aux enfans faisant partie de leurs ateliers toutes les parties de leur état, et conséquemment de les appliquer successivement aux différens genres de travaux qu'il comporte, de manière à ce que l'apprentissage soit complet, et que les enfans puissent, à la fin de cet apprentissage, se pourvoir d'un livret d'ouvrier et être admis comme tels chez tous les fabricans et chefs d'ateliers; et, pour assurer l'exécution de ces engagemens, j'ai voulu que les entrepreneurs s'obligeassent à laisser examiner par des experts désignés par le tribunal de commerce, aux époques choisies par l'Administration, les enfans dont l'éducation industrielle leur serait confiée, et, dans le cas de négligence constatée, à supporter une indemnité pouvant s'élever jusqu'à moitié du salaire acquis pendant les trois derniers mois de leur travail, par les enfans déclarés négligés.

Ces conditions sévères, aggravées encore par celles qui se rapportent à la durée restreinte et à la division du tems du travail, en raison des exercices religieux et de l'enseignement élémentaire, et aux divers frais imposés aux confectionnaires, etc., etc., expliquent comment il arrive qu'après trois ans d'apprentissage, l'ouvrier ne reçoit encore qu'un salaire journalier de 60 à 65 centimes.

Résultat du travail en cellule.

Au surplus, les ateliers cellulaires continuent à marcher de la façon la plus régulière et la plus satisfaisante; et tous les confectionnaires proclament les avantages que leur présente le système actuel, tant à l'égard de la main-d'œuvre produite que du bien qui en résulte pour l'apprentissage. Loin que ce que j'ai dit à ce sujet, dans mon rapport du 29 juin, ait cessé d'être vrai, l'expérience faite depuis, pendant huit mois, et sur une échelle double, a donné aux faits que j'annonçais alors un degré de certitude devant lequel aucun doute ne peut désormais subsister. Et, pour ce qui est des parts afférentes à l'Administration et aux masses de réserve, mes prévisions se réaliseront également, et dès à présent on peut juger que la substitution d'un prix de journée fixe à la rétribution aux pièces, généralement en usage avant la réforme, ne sera pas préjudiciable à ces produits. En effet, bien que, par suite des obligations nouvelles auxquelles les confectionnaires ont été astreints, on ait dû leur faire des concessions sur les prix de main-d'œuvre, bien qu'aussi, pendant l'époque de transition dont nous sortons, des chômages et des entraves de différentes natures aient influé sur le produit des ateliers, le prix moyen de la journée pendant le mois de décembre 1839 n'a pas été de 2 centimes moindre que ce même prix moyen durant le mois correspondant de l'année précédente. En décembre 1838, il s'est élevé à 35 centimes 42 centièmes; en décembre 1839, il a été de 33 centimes 65 centièmes. On peut donc être certain dès-à-présent que le niveau se rétablira très prochainement, et que même la perfection et la régularité qu'acquièrent tous les jours les travaux permettront à l'Administration d'élever, au fur et à mesure qu'elle admettra de nouveaux entrepreneurs, le prix de main-d'œuvre à un taux moyen supérieur à celui qu'elle ait jamais perçu.

J'ai dit précédemment que douze enfans étaient restés hors du système cellulaire continu. C'est une exception provisoire qui s'explique ainsi : Deux industries exploitées depuis longtems par le même confectionnaire, celle de la bijouterie en faux et celle des boucles, exigent l'action préalable, pour la première préparation des matériaux, de moutons et autres machines puissantes qui ne peuvent être placés dans des cellules. Le confectionnaire a mis, pour condition de son adhésion au système nouveau, que ces machines continueraient à être desservies par des détenus. Or, comme il n'occupe pas moins de 90 enfans, et que les métiers qu'il enseigne sont regardés comme avantageux pour leur avenir, j'ai cru devoir, par ces motifs, faire fléchir momentanément la règle qui gouverne maintenant la maison, mesure, du reste, qui a fort peu d'inconvéniens, les enfans attachés à cet atelier de machines étant choisis parmi ceux qui sont sur le point de recouvrer leur liberté et à l'égard desquels la séquestration cellulaire ne pourrait maintenant avoir d'effets. J'espère, au surplus, arriver à annuler la condition *sine quâ non* qu'il m'a fallu subir, ou du moins trouver les moyens d'en faire disparaître ou d'en mitiger les inconvéniens.

Le montant composé des masses de réserve acquises pendant les deux dernières années, chiffre que Votre Excellence demande par sa lettre sus-relatée du 31 janvier, a été :

En 1838, de.......... 12,480 54.
En 1839, de.......... 12,404 19.

Ces masses ont été produites par le travail d'une population moyenne :

En 1838, de............. 542.
En 1839, de............. 514.

Moyens de coercition et d'encouragement.

Comme dans toute occasion où il s'agit de discipliner les masses et d'exercer sur les individus une action morale qui les dirige vers un but déterminé, il a fallu maintenir ou instituer dans le pénitencier des moyens de coercition et des récompenses. Quant aux premiers, mon arrêté-réglement du 27 février 1838, relatif au quartier de la correction paternelle, et qui, ainsi que j'ai déjà eu occasion de le dire, fait en ce moment la règle de toutes les subdivisions de la maison, autorise le directeur à infliger les punitions suivantes :

La privation de la promenade ;

Le pain et l'eau dans les cellules ;

La même punition dans une cellule obscure ;

Le tout pendant un tems plus ou moins long, mais qui ne peut excéder deux jours sans qu'il m'en ait été préalablement référé.

A ces moyens de répression s'ajoutent encore le retrait ou la réduction des récompenses antérieurement obtenues.

Toutes ces peines sont peu sévères, et cependant elles suffisent à tel point, qu'en ce moment, sept enfans seulement encourent une punition, tandis que, dans la réunion, ce nombre était ordinairement double, et fréquemment triple ou quadruple.

Jusqu'ici, dans les prisons communes, le stimulant le plus puissant est le *denier de poche* et la *cantine*, qui en permet l'emploi. Tous deux, il est vrai, engendrent une foule d'abus, et l'existence de la cantine surtout a quelque chose de choquant et qui est en opposition flagrante avec les mots *punition* et *égalité*, qui sont le symbole des prisons ; mais on ne saurait disconvenir du moins que ces institutions n'aient la propriété d'exciter au travail. Quoi qu'il en soit, ainsi que je vous en ai informé dans le tems, Monsieur le Ministre, je les ai depuis longtems supprimées au pénitencier, où un ressort puissant a de la sorte cessé tout-à-coup de fonctionner.

J'ai dû chercher alors à y substituer quelque encouragement nouveau, et j'ai créé une *table d'honneur*, où, antérieurement au changement de régime, étaient admis tous les dimanches, et jusqu'à concurrence du dixième de la population, les enfans qui, dans le courant de la semaine, avaient le mieux mérité, non seulement dans les ateliers, mais aussi à l'*école*, aux *instructions* de l'aumônier, etc. Le stimulant résultant de la perception et de l'emploi du *denier de poche*, lequel n'influait que sur le travail, s'est ainsi trouvé avantageusement remplacé, et jamais il n'avait régné dans la maison plus d'ordre et d'activité que depuis ce changement.

La transformation du régime en commun en celui de la séquestration cellulaire n'a point eu pour effet, comme on aurait pu le penser, de rendre inutile et impraticable la table d'honneur. On ne peut plus, il est vrai, réunir dans le réfectoire ceux qui sont appelés à en profiter, et, sous ce rapport, il est possible que l'institution ait perdu quelque chose de sa valeur, comme moyen d'émulation. Néanmoins ses effets dans le régime nouveau n'en sont pas moins très prononcés.

A côté du *repas d'honneur*, j'ai placé un système de distribution de prix. Ces prix, qui consistent en livres et en outils, selon qu'on le juge plus en rapport avec l'éducation antérieure ou les goûts des enfans, au lieu d'être distribués périodiquement, sont délivrés en échange de témoignages de satisfaction d'un ordre inférieur accordés toutes les semaines sur des listes de candidats présentées par l'aumônier, l'instituteur et l'agent spécial des travaux. Ces sortes de récompenses d'un premier degré, et qui sont désignées sous le nom de *bons points*, m'ont paru devoir exercer une influence heureuse sur l'application au travail et sur les progrès de l'étude. La fréquence des distributions, les différentes formes et les divers degrés d'importance qui leur ont été assignés, l'assurance donnée à l'enfant que mieux il fera, plus tôt il sera mis en possession d'un objet utile et dont il pourra tirer vanité auprès des personnes admises à le visiter, toutes ces choses, combinées avec ce que produisent déjà de bons effets les *repas d'honneur*, sont effectivement autant de moyens d'aiguillonner l'insouciance, de stimuler l'hésitation et d'encourager les bonnes tendances.

J'ajouterai que la concession de promenades extraordinaires et hors tour me paraît encore un puissant moyen d'encouragement.

Etat sanitaire.

Dans mon rapport du 29 juin dernier, Votre Excellence a trouvé, quant à l'influence qu'exerce le confinement solitaire sur la santé des détenus, la démonstration par des chiffres, des excellens effets de ce régime : elle a pu y remarquer, entre autres particularités, que la séquestration a été employée avec un étonnant succès, non seulement comme moyen préventif, mais encore comme agent de guérison dans une épidémie qui a sévi pendant quelque tems sur l'établissement.

A cet égard, l'état des choses n'a pas changé depuis huit mois, malgré l'extension progressive de l'encellulement, et malgré l'exiguité des cellules, toutes construites en vue de l'isolement de nuit seulement, et, plus que jamais, je me crois fondé à penser que la supériorité du régime cellulaire n'est pas moins certaine relativement à l'état sanitaire que sous tous les autres rapports. Depuis qu'il est généralisé, la population de l'infirmerie varie entre 20 et 31, et aujourd'hui il ne s'y trouve que 29 malades, dont plus de la moitié peuvent être considérés comme étant en convalescence.

Dépense.

Il m'a paru que, comme élément d'appréciation du système qui régit aujourd'hui le pénitencier, un aperçu de la dépense annuelle présenterait quelque intérêt. Ce n'est pas que les chiffres propres à cette maison soient directement applicables aux établissemens qui seraient formés sur les mêmes bases ; car mille circonstances tenant aux localités, au régime antérieur de la détention, à la position légale et à l'âge des individus auxquels cette détention s'applique, influent sur les frais qu'elle occasionne ; et, à tout prendre, il y a lieu de croire que le prix de journée serait moindre dans un pénitencier construit *ad hoc* et pour d'autres détenus que des enfans ; mais du moins ces chiffres permettront de se former une idée exacte du *maximum* de la dépense que peut occasionner l'emprisonnement cellulaire, laquelle, comme je le fais remarquer dans mes différens rapports, différera peu de celle qui résulte aujourd'hui de l'emprisonnement en commun, et finira certainement par être inférieure à celle-ci :

Aperçu de la dépense qu'occasionnera, en 1840, chaque enfant renfermé dans la maison pénitentiaire du département de la Seine (confinement separé de jour et de nuit).

NATURE DES DÉPENSES.	PAR AN.	PAR JOUR.
Personnel.	138 55	» 37 93 (1)
Nourriture.	146 »	» 40 » (2)
Entretien.	53 76	» 14 73
Literie et Mobilier.	16 77	» 4 59
Chauffage et Éclairage (3).	55 39	» 15 18
Service médical et Culte.	13 50	» 3 70
Entretien des bâtimens, etc.	12 »	» 3 29
Frais divers.	13 45	» 3 70
TOTAL.	449 42	1 23 12
Dans l'hypothèse du maintien du régime de la communauté, la dépense eût été, pour un même nombre de détenus, d'environ. . . .	420 »	1 15 89
DIFFÉRENCE.	29 42	0 07 23

(1) Part proportionnelle dans les services généraux comprise.

(2) La taxe du pain supposée redescendue à 40 centimes le kilogramme.

(3) Dans une maison construite *ad hoc*, la dépense du chauffage serait probablement beaucoup moins élevée.

L'application générale du confinement séparé permanent est trop récente pour que les chiffres ci-dessus résultent de données tout-à-fait positives, mais ils s'éloignent certainement fort peu du vrai, et, en tous cas, je ne doute pas que le compte-rendu des dépenses de l'exercice ne fasse ressortir des diminutions plutôt que des augmentations.

Résultats généraux.

Et maintenant, Monsieur le Ministre, que j'ai mis sous vos yeux le tableau complet de toutes les parties de l'administration du pénitencier, il ne me reste plus qu'à exposer à Votre Excellence les résultats qu'a produits et que paraît devoir amener dorénavant le nouveau système qui régit cet établissement, système qui a pour objet d'éloigner ou paralyser les causes qui nuisent, et d'augmenter au contraire le nombre et l'effet des causes qui concourent à l'action de l'emprisonnement et au but qu'ont eu en vue les législateurs : la *punition*, l'*amendement*.

A cet égard, mon rapport du 29 juin me laisse peu à dire, et, en faisant voir qu'il n'est pas une circonstance que j'aie avancée alors qui ne soit vraie aujourd'hui, et prouvée par la puissante argumentation des chiffres, j'aurai plus fait que tous les raisonnemens possibles.

La *discipline*. — Sept punitions au lieu de quinze, vingt ou trente, chiffres ordinaires dans la réunion, attestent que l'obéissance et la soumission n'ont jamais régné aussi universellement.

Le *service religieux*, l'*enseignement*. — Les détails que j'ai donnés sur l'organisation de ces services, les améliorations qu'ils vont incessamment recevoir, l'ordre et le silence qui leur prêtent secours, le recueillement et l'aptitude que fait naître l'isolement, garantissent à leur action une efficacité impossible dans la communauté.

Le *travail*. — Le montant des masses pendant les deux années 1838 (réunion) et 1839 (isolement partiel), l'unanimité des entrepreneurs sur l'augmentation et la perfection du travail produit, sur l'abrègement et la facilité de l'apprentissage, établissent incontestablement la supériorité du régime actuel.

L'*état sanitaire*. — Dans l'isolement, la moyenne des malades est de 5 ou 6 sur 100. Dans la communauté, cette même moyenne a été le plus ordinairement de 10 à 11 sur 100.

La *dépense*. — Elle est augmentée de 7 centimes un quart par journée de détention. Mais tout porte à croire qu'une moins grande consommation de vêtemens, de chaussures, etc., éteindra cette différence, qu'on peut au surplus regarder comme sans importance, eu égard aux notables avantages du régime nouveau.

L'*intimidation*, l'*amendement*. — On ne pourra savoir positivement jusqu'à quel point le nouveau régime intimide et corrige, qu'après la libération d'un certain nombre d'enfans n'ayant point ressenti l'influence délétère de l'ancien. Toutefois, et lors même qu'on n'aurait pas devant soi l'expérience des pénitenciers étrangers, les faits qui se sont déjà révélés au pénitencier de la Roquette, et les résultats si satisfaisans qui ont été obtenus dans le quartier de la correction paternelle, où le cellulement continu date de plus de deux ans, donnent la certitude que la voie dans laquelle nous sommes entrés conduira sûrement et rapidement au but que nous nous sommes proposé.

J'ai cru devoir, au surplus, faire rechercher la proportion des enfans remis en prévention sur ceux qui ont été libérés depuis le 1er octobre dernier, époque où la moitié de la population était déjà séquestrée, et à partir de laquelle le cellulement s'est rapidement étendu, et j'ai trouvé que, sur 47 enfans libérés dans le cours de ces quatre mois, deux seulement ont été réintégrés dans les maisons d'arrêt : c'est à peu près 4 sur 100. Ces chiffres ont une grande valeur, car l'on sait que jusqu'ici ça été ordinairement dans les premiers instans de l'affranchissement qu'ont failli les récidivistes, et, en aucun tems, ils n'ont été aussi peu nombreux dans une période égale.

J'espère, Monsieur le Ministre, que vous penserez comme moi, que de tels résultats, résultats qui d'abord n'avaient été que de simples présomptions sur lesquelles ensuite une pratique de quelques mois avait laissé peu de doutes, seront maintenant significatifs, même pour l'esprit le plus prévenu, et qu'il est permis, en concluant de la partie au tout, de dire qu'il n'est pas possible que l'application définitive et générale d'un système supérieur encore à celui qui les a produits n'ait pas aussi les plus heureuses conséquences.

Pour moi, ma conviction est formée à cet égard, et j'ai la confiance que rien ne viendra l'ébranler.

Commission de surveillance.

Votre Excellence connaît la composition de la commission de surveillance instituée, sur ma proposition, par un arrêté ministériel, en date du 30 mars 1837. C'est assez dire qu'elle sait quel puissant auxiliaire j'ai trouvé dans les lumières, dans les connaissances théoriques et l'expérience pratique de ses membres pour la réalisation des plans que j'avais conçus. Depuis la création de l'institution, j'ai pris soin de la réunir sous ma présidence tous les mois, et de provoquer, en outre, quelques séances extraordinaires, afin de l'entretenir des travaux et des progrès effectués, et de prendre ses conseils sur ceux qu'il conviendrait de continuer ou de mettre en cours d'exécution ; et je m'empresse de proclamer que j'ai trouvé dans ses avis et dans sa haute sagesse un concours et un appui sans lesquels j'aurais marché d'un pas moins assuré et l'esprit moins dégagé de scrupules, au milieu des innovations qui se sont successivement accomplies.

Il est hors de doute, Monsieur le Ministre, que la création d'une commission consultative de même nature auprès des pénitenciers qui pourront s'organiser en France après la révision de la législation des prisons, ne produise les plus utiles effets.

Patronage.

La commission de surveillance seconde l'Administration dans la tâche que la loi confie à celle-ci, et l'action commune embrasse les différentes parties de l'œuvre *intérieure* des prisons. Mais on a sagement pensé que, quelque bien conçue que fût cette combinaison, quelque garantie qu'elle donnât d'une direction ferme, persévérante et progressive, en ce qui concerne l'éducation morale et religieuse, l'instruction primaire, l'enseignement du travail, la discipline pendant la durée de la détention, elle avait besoin d'un complément. Arriver par des améliorations successives à constituer un régime sous l'empire duquel les enfans soient réellement *élevés* selon le vœu de la loi, c'est beaucoup sans doute, mais ce n'est pas assez encore; car le jour de la libération arrive, et alors que doit-il advenir ?

Qu'on se représente un enfant jeté après sa captivité au milieu du tourbillon d'une grande ville, sans protection, quelquefois sans parens, n'ayant pas achevé complètement dans la prison l'apprentissage d'un métier, ou étant repoussé de ceux chez qui il pourrait l'exercer!!! Quelle qu'ait été sur cet enfant l'impression salutaire de l'initiation aux principes de la morale et de la religion, quelque grave et sincère que soit le retour opéré dans sa conscience, quel que soit, en un mot, l'effet de la détention, n'est-il pas à craindre qu'il ne tombe dans de nouveaux écarts?

Il faut donc, sous peine de perdre, en cet instant de crise, le fruit de plusieurs années d'efforts, trouver le moyen d'éloigner de lui le besoin, et d'amortir la puissance des séductions dangereuses, c'est-à-dire que, dans tout système pénitentiaire méritant véritablement ce nom, il faut, avec l'action de la détention sous un régime perfectionné, combiner l'action d'un instrument dont la force se développe à l'instant même où cette détention cesse. Voilà ce que j'appelle l'œuvre *extérieure* des prisons, et c'est aux *Sociétés de patronage* qu'elle est dévolue.

C'est sous l'influence de cette pensée que fut instituée, en 1833, la Société pour le patronage des jeunes libérés du département de la Seine. Offrir au jeune libéré une sorte de tutelle officieuse, bienveillante, active; veiller sur ses premiers pas, lui procurer de l'ouvrage, le soutenir s'il vient à en manquer, l'aider à en retrouver encore; en un mot, par une charité persévérante, sachant changer de forme et se multiplier, le mettre à même de fournir, sans broncher, une nouvelle carrière; telle est la tâche, belle, noble, philantropique, que cette Société s'est donnée, et à laquelle elle n'a pas failli.

Ce n'est pas à moi de dire quels succès la Société de patronage a obtenus, quels mécomptes ont trahi ses espérances et ses efforts. Les rapports annuels de l'honorable M Béranger, son digne président, fournissent à cet égard les renseignemens les plus intéressans et les plus circonstanciés. Mais un fait très important, et qu'il importe de constater, c'est que la réforme introduite dans le pénitencier doit élever les bonnes chances que la Société de patronage a eues jusqu'à ce jour à l'état de progression croissante dont les termes acquerront bientôt une valeur qui, peut-être, l'étonnera elle-même. En effet, ses efforts devant désormais s'exercer, non plus sur un terrain aride, desséché, où la détention avait peut-être répandu plus de mauvais principes qu'elle n'en avait extirpé, mais sur un terrain convenablement préparé et amendé, où seront déposés des germes précieux, il n'est pas possible que la Société de patronage, que tant de sollicitude et de persévérance anime, n'obtienne pas des effets de jour en jour plus marqués.

C'est alors qu'un beau succès couronnera sa généreuse pensée, non seulement à cause de ses conséquences immédiates, mais encore à cause de l'émulation que ses fruits feront naître, et de l'imitation dont l'association elle-même sera l'objet.

Conclusion.

Ainsi, dans le mécanisme dont je viens d'expliquer les rouages, l'Administration dirige, exécute, maintient l'unité des vues; mais elle est en communauté d'idées avec la commission de surveillance, qui, dans l'examen et l'exécution des conceptions respectives, l'aide de ses conseils et de ses lumières; de telle sorte que toute mesure importante est délibérée, puis effectuée sous l'influence des intelligences les plus aptes et les plus compétentes.

Puis ensuite, lorsque la tâche administrative est accomplie, au moment périlleux de la transition, se présente le *patronage*, qui continue l'œuvre, l'améliore, l'achève, qui complète enfin le mécanisme dont, sans lui, le but final ne serait pas atteint.

C'est là, ce me semble, Monsieur le Ministre, une organisation pénitentiaire qui n'est inférieure à aucune de celles qui existent. Sous son influence, les moyens de corriger, de réformer et de soutenir ensuite les jeunes délinquans, sont combinés de façon à se prêter une mutuelle assistance; et comme d'ailleurs, dans sa constitution, toutes choses sont disposées de manière que tous les élémens, avec une part d'action définie et renfermée dans de justes limites, convergent vers un même but sans s'entre-choquer jamais, je la regarde comme une institution trop bien cimentée, trop rationnelle, pour n'être pas en tous points maintenue où elle existe, et établie partout où elle pourra l'être.

Je désire Monsieur le Ministre, que ce rapport réponde à vos vues. Mon intention a été de porter à votre connaissance les faits accomplis, les causes, les motifs et les moyens qui leur ont donné naissance, leurs résultats actuels et leurs résultats probables dans l'avenir, Votre Excellence jugera si j'ai réussi.

Agréez, Monsieur le Ministre, l'hommage de mon respect,

Le Conseiller d'État, Préfet de Police,

G. DELESSERT.

PRÉFECTURE DE POLICE.

RAPPORT

A M. LE MINISTRE DE L'INTÉRIEUR,

AU SUJET

DES MODIFICATIONS INTRODUITES DANS LE RÉGIME DU PÉNITENCIER DES JEUNES DÉTENUS.

Paris, le 23 *Janvier* 1841.

MONSIEUR LE MINISTRE,

Pour faire suite à mes rapports du 29 juin 1839 et du 29 février 1840, j'ai l'honneur de vous adresser un exposé sommaire des faits qui ont été observés au pénitencier des jeunes détenus, depuis qu'il est complètement organisé d'après le système de la séparation continue. Ce compte-rendu sera nécessairement fort bref, car j'ai peu de chose à ajouter à ce que j'ai dit relativement au régime amendé de l'établissement; je n'ai aucune modification sérieuse à annoncer, aucune proposition nouvelle à soumettre à Votre Excellence, et les renseignemens qui vont suivre n'auront guère d'autre résultat que de confirmer ceux que renferment les deux rapports précédens. Cependant, tels qu'ils sont, ils ne seront peut-être pas sans intérêt pour Votre Excellence, et ils pourront être utiles aux débats qui vont prochainement s'ouvrir dans les chambres sur la question des prisons.

Nature et Chiffre de la Population.

Le nombre des enfans renfermés au pénitencier pendant les dix mois compris entre le 1er mars et le 31 décembre s'est élevé, en moyenne, à 455, y compris la population du quartier spécial de la correction paternelle, laquelle a varié entre 25 et 30.

Aujourd'hui la maison renferme :

» prévenus;
407 jugés à plus d'un an;
10 jugés à un an et moins;
9 détenus à titre d'hospitalité;
21 détenus par voie de correction paternelle.
447

Réglement. — Discipline. — Personnel.

Le régime de la maison, le réglement qui le détermine, le personnel qui l'applique, la discipline qui en résulte, sont à présent et n'ont pas cessé d'être tels que mon dernier rapport les représente, et jusqu'ici il ne s'est manifesté aucune circonstance de nature à rendre des modifications nécessaires ou désirables.

Etat sanitaire.

L'état sanitaire du pénitencier a continué à être satisfaisant. La moyenne des malades, dans les dix mois sus-mentionnés, a été de 34, c'est-à-dire de 7,47 pour cent. Je dois ajouter, toutefois, que la population du quartier d'infirmerie a atteint le chiffre maximum de 52; mais il s'est maintenu à cette proportion élevée quelques jours seulement de la fin de juin, et il n'y est plus remonté.

Les maladies dominantes sont d'abord, et dans le rapport de plus de moitié, les affections scrofuleuses, puis ensuite les diarrhées. J'ai eu précédemment l'occasion de faire observer que la séparation cellulaire avait agi comme remède efficace contre la durée et la propagation des diarrhées. Le médecin de l'établissement pense que ce régime n'est pas moins favorable au traitement des maladies scrofuleuses

L'humeur et le caractère des enfans se maintiennent toujours dans un état satisfaisant, et le désir qu'ils ont de recouvrer la liberté ne les pousse point au découragement. La pensée qu'ils peuvent, en se conduisant bien, obtenir leur mise en liberté provisoire est d'ailleurs pour eux un puissant stimulant, et contribue à leur faire supporter avec plus de résignation le tems forcé de la détention.

Quant à la mortalité, en comparant ensemble les premiers semestres des deux années 1839 et 1840, durant lesquels la population moyenne a été à peu près la même, j'ai trouvé que la seconde période avec laquelle a commencé l'encellulement général a amené moins de décès que la première. Les chiffres sont 34 pour l'une et 27 pour l'autre.

Au surplus, aucune des précautions propres à assurer la salubrité de l'établissement, et aucun des moyens d'hygiène compatibles avec l'état de détention et les ressources dont je dispose ne sont négligés. La plus grande propreté règne dans toutes les parties de la maison; et un système combiné de ventilation et de chauffage maintient tempérée et pure l'atmosphère des cellules, résultat auquel a concouru la construction récente de siéges fermant hermétiquement les latrines qui desservent chaque corridor.

Des bains sont d'ailleurs fréquemment administrés aux enfans, notamment à ceux qui travaillent aux métaux. On veille aussi à ce qu'ils s'entretiennent propres le visage et les mains, et,quant aux choses principales du régime hygiénique, la nourriture, l'habillement, le couchage, etc., etc., j'ai fait connaître, dans mes précédens rapports, combien ils sont sains et satisfaisans à tous égards.

Promenade.

On a, sans discontinuation et sans qu'aucun inconvénient ait surgi, fait faire aux enfans des promenades solitaires sur les cours. Ces exercices ont été combinés de telle sorte que, cette année, chaque enfant a pu en profiter tous les deux jours, et non plus une fois tous les trois ou quatre jours, comme je l'avais dit dans mon dernier rapport.

Culte. — Enseignement religieux.

Rien n'a été changé dans le mode adopté pour la célébration des offices. Tous les enfans y prennent part sans quitter leurs cellules, avertis qu'ils sont par une cloche placée dans la chapelle, et dont les sonnettes, distribuées dans les divisions, répètent les signaux. Le plus grand ordre et le plus parfait recueillement président à toutes les solennités religieuses qui ont lieu, d'après ce mode particulier, dans la maison pénitentiaire; et je ne crois pas que, sur ce point, on puisse désirer ni trouver mieux que ce qui existe.

C'est à des frères de la Doctrine chrétienne qu'est confié le soin de donner aux enfans l'enseignement religieux. Les instructions ont lieu tous les jours, de huit heures à onze heures, pour onze enfans isolés, et ne pouvant avoir de communications entre eux, dans un parloir cellulaire, au centre duquel une estrade a été disposée. Je m'occupe en ce moment de l'exécution d'un plan qui a pour objet de doubler le nombre des cellules, au moyen de cloisons introduites dans les onze qui existent, de telle sorte que les frères pourront prochainement catéchiser en même tems vingt-deux enfans.

Cet enseignement produit de bons résultats. Les frères se louent de l'intelligence des enfans, et l'aumônier, de la persévérance des frères.

Cependant, d'accord en cela avec la commission du conseil général qui a récemment visité les prisons de la Seine, je reconnais que ce n'est là qu'une instruction semblable à celle qui est donnée dans les écoles, et que, dans une maison de correction, quelque chose de plus est nécessaire. En effet, il s'agit d'inculquer des notions du bien là où le mal seul avait eu accès; de régénérer et guérir des natures déchues, des âmes malades. Or, une telle influence et de semblables effets ne peuvent, en pareille circonstance, être obtenus par des moyens ordinaires d'éducation.

Je crois que l'exhortation est, non moins que le travail, un puissant agent de réformation, et que, en dehors du foyer paternel, des ecclésiastiques sont plus aptes que d'autres à la faire fructifier. Mais, quels que soient le mérite et le zèle mis en œuvre, dans ma pensée, de bons résultats ne naîtront jamais dans les prisons, même dans les prisons d'enfans, qu'à l'égard des individus auxquels les conseils de la religion seront offerts dans l'isolement de la cellule, où les souvenirs s'éteignent et les réflexions abondent, et où celui qui recueille l'enseignement est merveilleusement disposé à prêter toute son attention à celui qui le communique. Il est indispensable aussi, même dans de semblables conditions, que cet enseignement soit constant et ne se révèle pas à des intervalles trop éloignés. Ce serait faire trop peu que de consacrer à l'instruction religieuse de chaque enfant moins d'une demi-heure par semaine en une ou deux séances.

L'isolement de l'enfant, la fréquence des visites du prêtre, voilà donc à mon sens deux élémens qui ne peuvent être séparés. Or, pour les combiner, il faudrait avoir plus d'ecclésiastiques dans le service de la prison.

Quoi qu'il en soit, l'exercice du culte et l'instruction religieuse, tels qu'ils sont aujourd'hui pratiqués, sont évidemment des instrumens d'une grande valeur dans l'ensemble de l'organisation qui régit le pénitencier, et nul doute que l'aumônier et les trois frères qui l'assistent n'aient contribué, pour une notable part, au bien qu'a pu produire jusqu'ici l'institution.

Instruction élémentaire.

Tous les enfans ont pris part à l'enseignement élémentaire donné par la méthode ingénieuse due à l'instituteur attaché à l'établissement, et dont j'ai parlé dans mon dernier rapport. Les résultats ont été très satisfaisans, et vous pourrez en juger, Monsieur le Ministre, par l'inspection du tableau suivant, qui résume les progrès de sept mois.

Résultat de l'Examen général fait le 1er octobre 1840.

CLASSIFICATION.	Existant avant l'examen.	Sortis pour entrer dans une classe supérieure.	N'ayant pas changé de classe.	Entrés par suite de promotions.	Existant après l'examen.
1re CLASSE. Exercices d'écriture sur les jambages. Lecture et tracé des lettres, accens, chiffres, etc.	212	128	84	»	84
2e CLASSE. Exercices sur les monosyllabes classés dans l'ordre alphabétique; articles, prépositions, pronoms, etc.	94	74	20	128	48
3e CLASSE. Exercices sur le verbe *être*, le verbe *avoir* et les quatre conjugaisons.	84	71	13	74	87
4e CLASSE. Application à des phrases des monosyllabes écrits dans la 2e classe.	14	14	»	71	71
5e CLASSE. Principes généraux d'orthographe et de grammaire.	26	»	26 *	14	40
	430	287	143	287	430

* Ces enfans étant dans la classe la plus avancée n'ont pu être promus; mais, loin d'être restés stationnaires, la plupart ont fait des progrès remarquables.

Ainsi, sur quatre cent trente enfans, cent dix-sept seulement sont restés dans la classe où ils étaient respectivement entrés.

Il est clair, qu'à quelques exceptions près, ces enfans doivent être les plus récemment arrivés; et, examen fait des feuilles de mouvemens, j'ai trouvé, en effet, que, depuis le mois de juin, il n'y a pas eu moins de cent vingt-cinq entrans, lesquels conséquemment n'ont suivi l'enseignement donné dans la maison que pendant trois mois, tems évidemment insuffisant pour produire, chez beaucoup, des changemens appréciables.

En définitive, Votre Excellence le reconnaîtra, j'espère, il y a eu des progrès sensibles dans l'instruction élémentaire des détenus. Ces progrès obtenus dans le système cellulaire, avec une rapidité à laquelle on n'arrivait pas dans l'école commune, outre qu'ils sont une indication significative de la bonté de la méthode en usage, attestent que je ne m'étais pas fait illusion, lorsque, dans mes précédens rapports, j'annonçais que le nouveau régime serait supérieur à l'ancien pour l'étude, comme il l'est à tous autres égards.

Travail industriel.

Les ateliers n'ont pas cessé de déployer une grande activité, et l'enseignement professionnel continue à y être satisfaisant. Les industries, dont j'ai donné le tableau dans mon rapport du 29 février, ont toutes été maintenues, excepté *la dorure sur bois*, dont l'entrepreneur s'est retiré, et la fabrication de *cabas en soie végétale*, qui avait été introduite pour essai, et qui a été reconnue n'être avantageuse ni aux détenus ni au confectionnaire.

Le résultat du travail industriel au pénitencier, non compris le quartier de la correction paternelle, se résume par les moyennes ci-après, qui se rapportent aux dix premiers mois de 1840 :

Nombre de journées de travail par mois, 8,146;

Nombre de travailleurs par jour (jours fériés déduits). 313;

Produit par mois, 2,618 fr. 80 cent.;

Produit de la journée, 32 cent. 1/2.

Le prix moyen de la journée a donc été moins élevé de 1 centime 15 centièmes qu'en décembre 1839, premier mois de l'encellument à peu près intégral. Cela tient, d'une part, à ce que les détenus appliqués aux industries supprimées ont dû être, pour la majeure partie, réunis aux *fabricans de chaînes* et aux *serruriers* dont les salaires sont peu élevés; et, d'autre part, à ce que, depuis quelque tems, des libertés provisoires, plus nombreuses que de coutume, ont fait sortir des ateliers les travailleurs les plus âgés et les plus rétribués.

Emploi du tems du Dimanche.

L'instruction faite par les frères de la Doctrine chrétienne a lieu, comme je l'ai déjà dit, tous les jours, de huit heures à onze heures ; mais le dimanche, ils donnent, de une heure à trois heures, une seconde séance, qui occupe un certain nombre d'enfans pendant une partie de la journée. J'ai désiré cet arrangement; car l'emploi du tems, le dimanche, où l'étude élémentaire et tous les travaux d'atelier cessent, a constamment été l'un des points les moins faciles à régler.

Je suis cependant arrivé à créer, à cet égard, un état de choses sinon parfait, au moins satisfaisant. Grâce au concours qui m'a été offert de divers côtés par une sage philantropie, environ deux mille volumes, appropriés aux individus et à leur situation, ont pu être réunis au pénitencier. Ces ouvrages ne sont confiés aux enfans que le dimanche matin, pour leur être retirés le lendemain, au lever : une partie de la journée est donc employée en lectures morales et instructives, que la variété, dans la distribution, rend toujours intéressantes.

Les inventeurs d'une nouvelle méthode d'enseignement du dessin (MM. Patroix et Daix) m'ont demandé l'autorisation de faire gratuitement un cours au pénitencier. J'ai accepté cette proposition avec d'autant plus d'empressement que ces leçons, outre qu'elles tourneront à l'avantage des enfans, dans certaines professions surtout, devaient contribuer puissamment à l'emploi du tems le dimanche; et, effectivement, le cours est maintenant ouvert régulièrement ce jour-là.

Les prix distribués aux enfans deviennent aussi des moyens d'occupation pour le dimanche. Ces prix sont, presque exclusivement, des étuis de mathématiques, des crayons, des boîtes de couleurs, des livres, etc., tous objets avec lesquels ils sont d'autant plus disposés à s'occuper le dimanche, que ce jour est le seul où ils aient le loisir de le faire.

Enfin, un autre moyen d'utiliser fructueusement quelques heures le dimanche a été récemment introduit dans la maison. L'intérieur des cellules se salit assez promptement, et, pour le maintien de la salubrité comme de la propreté, il est nécessaire que les murs soient fréquemment blanchis.

J'ai voulu qu'on confiât aux détenus eux-mêmes ce soin,

qui doit tendre à leur donner des habitudes d'ordre et de propreté, à stimuler leur adresse et leur goût, et qui, au demeurant, a au moins l'avantage de contribuer à l'éloignement de l'oisiveté.

C'est par tous ces moyens combinés et ajoutés à ceux qui résultaient déjà de l'audition des offices, de l'ouverture du parloir, etc., que la journée du dimanche est, au pénitencier, presqu'autant remplie que les jours de la semaine le sont par le travail manuel et par l'étude. C'est un point auquel nous n'étions pas arrivés tout d'abord, qui nous a donné quelque peine, qui, dans le système cellulaire, n'est pas sans importance, et qui, à ces divers titres, m'a paru ne pas devoir être passé sous silence.

Insuffisance des Localités.

J'ai eu l'honneur de vous faire remarquer, dans mes précédens rapports, Monsieur le Ministre, qu'une succursale du pénitencier avait été fondée dans la maison d'arrêt des Madelonnettes, où le régime reste en commun, et que, afin de faire cesser cette anomalie dont souffrent cent cinquante enfans (parmi lesquels quatre-vingts jeunes prévenus environ), je me proposais de demander au conseil général l'agrandissement de la maison de la rue de la Roquette.

J'ai la satisfaction d'annoncer à Votre Excellence que le conseil général a voté une notable partie des crédits qui lui ont été demandés à cet effet, et que, par les soins de M. le Préfet de la Seine, tout se dispose pour que les travaux commencent aussitôt que le Gouvernement aura sanctionné cette délibération.

Il y a donc lieu d'espérer qu'avant longtems l'unité sera, en tous points, rétablie dans l'établissement, et que le régime qui le gouverne, dont l'action est aujourd'hui amortie par la détention en commun des prévenus, acquerra tout son développement et deviendra rigoureusement appréciable dans ses effets.

Résultats moraux en 1840.

Depuis le 1er mars jusqu'au 1er décembre, cent dix-sept enfans ont été libérés, savoir : soixante-dix-sept définitivement et quarante provisoirement.

Parmi les premiers, six sont rentrés dans les maisons de prévention, inculpés de nouveaux délits, soit 7,79 pour cent.

Parmi les autres, 4 ont été réintégrés au pénitencier, par les mêmes motifs ou pour cause d'inconduite ou d'insubordination chez leurs maîtres d'apprentissage, soit 10 pour cent.

Ainsi, sur l'ensemble des cent dix-sept libérations qui ont eu lieu *dans le cours de neuf mois*, dix enfans, qu'ils aient été ou qu'ils n'aient pas été condamnés itérativement, sont, par le fait, en état de rechute; la proportion est donc de 8,55 pour cent. Elle avait été précédemment de 4 pour cent *dans quatre mois*.

La question des récidives, examinée sous un autre aspect, offrirait une solution plus décisive et plus à l'avantage du régime de la séparation cellulaire, si des conséquences de cette nature pouvaient être tirées d'un état de choses tout récent et qui n'est point encore dans ses conditions normales.

En 1840, il est entré au pénitencier vingt-deux enfans ayant précédemment subi une détention dans la maison : dix-sept de ces enfans n'avaient pas été cellulés, les cinq autres l'avaient été pendant trois mois au plus. Sur les dix-sept, quinze sont rentrés après avoir commis de nouveaux délits, et deux pour simple inconduite chez leurs maîtres d'apprentissage. Sur les cinq cellulés, pas un seul n'avait commis un délit nouveau, et, à leur égard, la réintégration n'avait pour cause que de l'indiscipline ou quelque autre motif peu grave.

Au surplus, je ne saurais trop le redire, quels que soient aujourd'hui les chiffres des réintégrations dans les prisons, il importe de ne pas leur donner une valeur qu'ils n'ont pas. Comparés avec ceux qui les ont précédés, les chiffres actuels dénoteraient peu de changemens dans l'état moral; mais il ne faut pas oublier que l'affranchissement des enfans des causes qui neutralisaient l'action de l'emprisonnement ne date que des derniers mois de leur séjour au pénitencier; que les enfans libérés se connaissaient entre eux, et se sont retrouvés au dehors, et qu'enfin, quelques mois de réflexions solitaires seront toujours insuffisans pour détruire, dans toutes les mauvaises natures, tous les germes du mal. Lorsque les jeunes prévenus n'auront plus de contact les uns avec les autres, lorsque la population du pénitencier aura été complètement renouvelée, alors le chiffre des récidives aura une signification irrécusable : jusque-là il ne peut être présenté et accepté qu'avec défiance, et c'est surtout d'après le raisonnement et l'étude d'autres faits précis et déjà nombreux qui se sont révélés, que l'on devra juger du mérite et de l'avenir du système d'emprisonnement cellulaire.

J'ai été assez heureux pour voir mon espoir, à ce sujet, partagé par le conseil général du département de la Seine. Son suffrage, outre qu'il est pour moi d'un grand prix, est d'une telle importance pour la question pénitentiaire elle-même, que je ne puis résister au désir de terminer ce rapport par la reproduction textuelle des termes dans lesquels la commission du budget spécial de ma préfecture, pour 1841, a rendu compte au conseil de sa visite au pénitencier :

« Il est impossible de méconnaître les heureux résultats obtenus de l'encellulement des jeunes détenus, sous le rapport de leur moralité, de leur instruction religieuse, scholaire, professionnelle, et même sous celui de leur santé. La commission est heureuse de confirmer au conseil ce qu'en a dit M. le Préfet dans ses rapports au Ministre de l'Intérieur, et de payer à l'Administration le tribut d'éloges qu'elle mérite pour cette création, qui fait honneur à notre pays. On pouvait craindre que le système de l'isolement ne fût poussé jusqu'à l'abus et qu'on ne dépassât, à l'égard de faibles et malheureux enfans, la limite tracée par l'humanité ; mais il n'en est rien : les enfans ne sont pas, à proprement parler, isolés ; ils sont seulement sauvegardés contre tout ce qui pourrait moralement leur nuire. Il y a plus, quand on les croit suffisamment contrits, on les met en liberté provisoire en les confiant à la Société de patronage pour les jeunes libérés ou aux administrateurs de la colonie de Mettray. De la sorte, ce n'est pas seulement le principe de l'isolement, c'est encore celui de la sociabilité qu'on emploie tour à tour et à propos pour l'amendement et pour l'éducation des enfans qui ont failli. C'est en cela surtout que se complète et qu'excelle le système pénitentiaire adopté par l'Administration ; c'est en cela que nous le croyons digne de louanges. »

Je désire vivement, Monsieur le Ministre, que les détails contenus dans mes précédens rapports et ceux dans lesquels je viens d'entrer puissent fournir de nouvelles lumières pour la solution de la question importante de la réforme des prisons, dont le Gouvernement se préoccupe à si juste titre.

Agréez, Monsieur le Ministre, l'hommage de mon respect.

Le Conseiller d'Etat, Préfet de Police,

G. DELESSERT.

PRÉFECTURE DE POLICE.

RAPPORT

A M. LE MINISTRE DE L'INTÉRIEUR,

AU SUJET

DES MODIFICATIONS INTRODUITES DANS LE RÉGIME DU PÉNITENCIER DES JEUNES DÉTENUS, AUJOURD'HUI MAISON CENTRALE D'ÉDUCATION CORRECTIONNELLE.

Paris, le 6 Février 1843.

Monsieur le ministre,

Par mes rapports en date des 29 juin 1839, 29 février 1840 et 23 janvier 1841, j'ai eu l'honneur de vous faire connaître les diverses modifications que j'avais cru devoir introduire dans l'organisation et dans le régime intérieur de la maison centrale d'éducation correctionnelle de Paris, ainsi que les résultats qui ont été obtenus par suite de l'application du système de la séparation continue.

Depuis lors, et sauf quelques modifications indiquées par l'expérience, et dont il sera parlé ci-après, le régime de la maison n'a pas varié. Ces modifications et l'application persévérante des mesures précédemment adoptées, ont produit tout le bien qu'on devait en attendre, et j'ai la satisfaction d'annoncer à Votre Excellence que sous le rapport de l'ordre, de la discipline et de l'amendement moral, l'établissement dont il s'agit laisse aujourd'hui fort peu de chose à désirer.

6

Nature et Chiffre de la Population.

La moyenne des enfans renfermés au pénitencier dans le cours des deux années qui viennent de s'écouler a été pour
1841, de 451, dont 30 pour la correction paternelle ;
1842, — 433, — 32 *Id.*

Au 1er janvier 1843, il se trouvait dans la maison centrale d'éducation correctionnelle :

1	prévenu,
368	jugés à plus d'un an,
2	jugés à un an et moins,
1	détenu à titre d'hospitalité,
40	détenus par voie de correction paternelle.
Total... 412	enfans.

Etat sanitaire.

La moyenne des malades pendant les mêmes années a été, en 1841, de 32 enfans, soit 7,09 p. 0/0;
1842, — 38 — soit 8,75 *Id.*

Le chiffre de la population du quartier d'infirmerie s'est élevé une seule fois à 55, mais ce chiffre est souvent descendu à 27 et même à 25. Sous ce rapport, l'état sanitaire de la maison est resté à peu près le même qu'en 1840, année pendant laquelle, ainsi que je l'ai établi dans mon rapport du 13 janvier 1841, la moyenne des malades a été pendant six mois, de 34 pour une population de 455 enfans, soit 7,47 p. 0/0 et le maximum du chiffre du quartier d'infirmerie de 52.

Les maladies dominantes ont été, comme en 1840, et pour la presque totalité, les affections scrofuleuses; les diarrhées qui, pendant la même année, avaient été aussi remarquées en grand nombre, ont reparu en 1841 et 1842, mais dans une bien moindre proportion.

Quant à la mortalité, elle a varié en plus et en moins, comparativement à 1840, dans les proportions suivantes :

En 1840, il était mort dans la maison centrale d'éducation correctionnelle même 40 enfans sur une population de 455 enfans, soit 8,79 p. 0/0; en 1841, la mortalité s'est élevée à 48 pour une population de 451, soit 10,64 p. 0/0 ; mais en 1842, le nombre des décès n'a pas dépassé 37 pour la population indiquée ci-dessus de 433 enfans, soit 8,54 p. 0/0.

En définitive, la population valide de la maison centrale d'éducation correctionnelle qui, avec l'encellulement, était pâle, amaigrie et souffreteuse, présente depuis longtems un tout autre aspect, et se compose aujourd'hui d'enfans dont la physionomie annonce en général de la santé, et chez plusieurs même du contentement. Ces résultats sont tellement vrais qu'ils ont frappé plusieurs des experts qui, à diverses époques, ont bien voulu, sur ma demande, se charger de la mission d'examiner, sous le rapport de l'éducation industrielle, les enfans dont il s'agit.

Voici l'extrait d'un rapport qui m'a été adressé par trois d'entre eux, sous la date du 27 février 1841 :

« Nous avons été merveilleusement surpris, Monsieur le » Préfet, des immenses améliorations dues à votre sollicitude » continuelle pour tout ce qui regarde les besoins de la maison » des jeunes détenus, et l'appréhension qu'avait fait naître en » nous l'application du système cellulaire s'est bientôt dissipée » en présence des résultats obtenus par ce moyen, et *en voyant* » *surtout sur les physionomies des détenus un air de santé et presque* » *de satisfaction remplacer celui maladif et malheureux que nous* » *avions trouvé il y a trois ans*, etc. »

Dans un compte rendu, daté du 8 mars 1842, les mêmes experts s'expriment ainsi : « Il faut, disent-ils, avoir vu » comme nous le déplorable état dans lequel se trouvaient les » enfans lors de la communauté pour pouvoir attester les im- » menses avantages obtenus sous le nouveau régime, et, tout en » le reconnaissant et tenant compte des difficultés innombrables » que l'Administration a dû rencontrer dans les premiers tems, » nous sommes convaincus que la tâche sera beaucoup moins » pénible à mesure que les anciens élèves disparaîtront de l'éta- » blissement pour faire place à de nouveaux qui n'auront pas » vécu sous l'ancien système. »

Toutefois, et quelle que soit, à mes yeux, la supériorité, sous le rapport sanitaire, du système d'isolement sur le système en commun, il ne faut pas en conclure qu'il soit, à cet égard, tout ce qu'il doit être.

Dans mes rapports en date des 29 février 1840 et 23 janvier 1841, j'ai expliqué à Votre Excellence l'ordre et la durée des promenades des enfans sur les préaux. Des faits nombreux semblaient attester alors qu'un exercice de 20 à 30 minutes, répété, pour chacun d'eux, tous les deux ou trois jours seulement, pourrait suffire pour entretenir en bon état leur santé et leurs forces.

Considérant néanmoins que la plupart de ces enfans sont atteints de scrofules; qu'un certain nombre d'entre eux, à raison de leur travail, sont toute la journée debout, et que le corps, pesant verticalement sur les articulations inférieures, les fatigue et les dispose aux engorgemens; que d'autres, au contraire, restent toujours assis, et que, chez ces derniers, les articulations du bassin et des genoux souffrent principalement, j'ai pensé qu'on n'arriverait à des résultats complètement satisfaisans qu'en rendant les promenades plus fréquentes, ce qui, vu le petit nombre de préaux qui existent au pénitencier, présentait d'assez grandes difficultés. Toutefois, au moyen de quelques efforts, nous sommes parvenus à les vaincre en partie, et grâce à des dispositions faites successivement dans les chemins de ronde, dans l'ancien quartier d'infirmerie ainsi que dans les localités qui, sous le régime en commun, étaient affectées aux ateliers, chaque enfant peut aujourd'hui jouir tous les jours d'une promenade de 30 minutes.

Cette mesure, qui date à peine de six mois, a déjà produit d'excellens résultats, et Votre Excellence a pu remarquer, par les états mensuels de population que je lui envoie, que c'est précisément à partir du mois de juillet dernier, époque vers laquelle il m'a été possible d'assigner un plus long tems aux promenades, qu'il y a eu diminution dans le chiffre des admissions à l'infirmerie, et par suite dans le nombre des décès.

D'autres soins ont encore été ajoutés à ceux dont les enfans renfermés au pénitencier ont été l'objet jusqu'à présent.

Une commission médicale, chargée par moi d'examiner l'état sanitaire de la maison, ayant reconnu que le pain *bis*, délivré dans la généralité des prisons de la Seine, lequel est fabriqué avec des farines qualifiées *troisièmes*, n'était pas assez nourrissant pour des enfans de l'espèce de ceux que renferme le pénitencier, et qu'il pouvait contribuer à entretenir et même à aggraver les maladies scrofuleuses auxquelles ils sont presque tous prédisposés, j'ai fait remplacer ce pain par du pain composé de farines *secondes*, et en tout point conforme à celui qui se consomme dans les divers hospices de la capitale. Cette mesure, à laquelle Votre Excellence a donné son assentiment, contribuera encore, sans aucun doute, à améliorer et à entretenir leur santé.

Pour mettre le quartier des bains en harmonie avec le système de la maison, plusieurs salles de bains séparées ont été établies sur ma demande, en sorte que maintenant il n'y a pas un enfant malade qui ne puisse être baigné facilement lorsqu'il en a besoin, et pas un valide qui ne prenne au moins un bain par mois.

Dans un but de salubrité dont il est facile de se rendre compte par l'inspection des lieux, je fais établir en ce moment, au-dessus des portes des cellules, des trappes mobiles qui permettront, en hiver, de renouveler l'air de ces cellules, sans craindre que le froid ne pénètre dans les localités chauffées par les calorifères.

Culte. — Enseignement religieux.

Aucun changement n'a été apporté dans le mode adopté pour la célébration des offices, mais de l'extension a été donnée aux moyens d'enseignement religieux.

Les frères de la Doctrine chrétienne ont été, dès le mois de septembre 1841, admis dans le quartier de l'infirmerie, et cette admission a produit de bons résultats surtout à l'égard d'enfans qui, souvent malades, ne peuvent suivre les exercices religieux. D'un autre côté, la division des travées de la salle de l'enseignement cellulaire a permis d'y recevoir simultanément 23 enfans au lieu de 11, en sorte que, par les soins réunis des frères et de l'aumônier de la maison, la population entière des jeunes dénus peut maintenant participer aux instructions religieuses.

M. l'aumônier n'hésite pas à rapporter, en grande partie, l'efficacité de ses soins et de ses conseils à l'isolement des enfans, et proclame hautement qu'il n'aurait jamais atteint le même but dans le système en commun. Aussi peut-on affirmer que, lorsque la population se composera exclusivement d'enfans non viciés préalablement par la communauté (1), la majeure partie d'entr'eux ne quitteront la maison centrale d'éducation correctionnelle qu'avec des sentimens religieux.

Instruction élémentaire.

L'instruction élémentaire est toujours donnée aux enfans par la méthode de l'ancien instituteur de la maison ; tous ont continué à y prendre part, et je n'ai à signaler, comme par le passé, que des résultats satisfaisans.

Dans le rapport que j'ai eu l'honneur d'adresser à Votre Excellence le 23 janvier 1841, je lui ai annoncé qu'après l'examen général qui avait été fait le 1er octobre 1840, sur 420 enfans que

(1) Des jeunes prévenus détenus aux Madelonnettes sont encore soumis au régime commun.

renfermait alors la maison d'éducation correctionnelle, 287 avaient passé dans des classes supérieures, et que 117 seulement (non compris ceux qui, se trouvant dans la classe la plus avancée, ne pouvaient être promus) étaient restés dans les classes où ils avaient été respectivement placés.

Depuis cette époque, plusieurs examens généraux ont eu lieu. Celui que j'ai fait faire le 20 novembre 1840 a constaté que sur 438 enfans, 303 avaient passé d'une classe inférieure dans une classe supérieure, et que 110 étaient demeurés stationnaires.

Un autre examen a été fait le 15 mai 1841 et a donné les résultats suivans: sur 418 enfans, 317 avaient atteint des classes supérieures; 73 n'avaient fait aucun mouvement.

Le 31 décembre 1841, j'ai prescrit un nouvel examen qui a justifié de la manière suivante les progrès des jeunes détenus: sur 419 enfans, 296 avaient passé dans des classes supérieures; 65 seulement étaient restés dans la classe où ils étaient entrés.

Enfin, il résulte du dernier examen, qui a eu lieu le 1er août 1842, que sur 399 enfans admis à l'enseignement, et après six mois de travail seulement, 196 ont passé à des classes supérieures, et 130 sont restés stationnaires.

En résumé, l'application de la méthode en vigueur a toujours constaté une progression sensible qui est venue confirmer les espérances qu'elle avait fait naître. Je crois ne pouvoir mieux faire, pour justifier ses avantages, que de reproduire les calculs suivans, contenus en partie dans le rapport spécial que j'ai adressé à Votre Excellence le 24 février 1842, au sujet de la méthode d'enseignement dont il s'agit :

Au 20 mars 1840, 94 enfans seulement savaient lire et écrire. 94
Au 1er juillet suivant. 138
Au 1er octobre même année. 198
Au 20 novembre. . *Id* 215
Au 15 mars 1841. 293
Au 31 décembre *Id*. 317
Au 1er janvier 1842, époque à laquelle le nombre des enfans répartis dans toutes les classes ne dépassait pas 373, 239

J'ajouterai que l'enseignement élémentaire, qui ne comprenait d'abord que la lecture et l'écriture, s'étend à présent au calcul. En ce moment, l'arithmétique est enseignée à 159 enfans répartis dans les 4e et 5e classes, ceux appartenant aux classes inférieures n'ayant pas paru assez avancés pour la comprendre et l'étudier avec fruit. Sur ces 159 enfans, 89 sont encore à la numération, 40 à l'addition et 30 à la soustraction ; mais on espère que, d'ici à quelques mois, tous ces élèves connaîtront parfaitement les quatre règles.

La maison de correction des jeunes détenus se trouverait donc de la sorte dotée, pour l'enseignement dont il s'agit, d'une méthode aussi simple et aussi facile dans ses applications que celle relative à la lecture et à l'écriture.

Travail industriel.

Les ateliers ont donné, en 1841 et 1842, des produits proportionnés à ceux de 1840 et qui se résument par les moyennes ci-après :

	1841.	1842.
Nombre de Journées de travail par mois.	8,794	8,102
Nombre de Travailleurs par jour (jours fériés déduits).	341	314
Produit par mois.	2,797f. 75c.	2,617f. 08c. »
Produit de la journée.	31c 81	32c 30

En 1840, le produit de la journée moyenne a été de 31c, 88.

Il y a peu d'espoir de voir le produit moyen de la journée s'accroître dans une proportion beaucoup plus grande, les libérations définitives et les mises en liberté provisoires enlevant toujours des ateliers les travailleurs qui ont le salaire le plus élevé, et ceux-ci étant remplacés par des enfans qui ont, le plus souvent, un tems plus ou moins long d'apprentissage à faire, sans toucher aucun salaire.

Les ateliers sont du reste aujourd'hui les mêmes que ceux qui existaient en 1840, si j'en excepte toutefois : 1° celui des *fouets*, auquel a été substitué, en février 1841, un atelier *de sculpture sur bois*, en tout point préférable par l'industrie qu'il représente et l'avenir plus certain qu'il peut offrir aux enfans ; 2° l'atelier de *fabrication de chaînes métalliques* qui, au 1er novembre dernier, date de l'expiration du marché passé avec le confectionnaire, a été provisoirement remplacé par un atelier de *peinture sur verre et sur porcelaine*, dont j'aurai l'honneur de proposer très prochainement l'admission définitive à Votre Excellence.

Dans tous, au surplus, l'enseignement est satisfaisant et les confectionnaires me paraissent exécuter loyalement les obligations qui leur ont été imposées. L'année dernière, des examens ayant pour but de vérifier ce fait ont eu lieu dans chaque industrie, par des experts qui, sur ma demande, m'avaient été désignés à l'avance par M. le président du tribunal de commerce. Tous, sous quelques légères restrictions, se sont accordés pour constater que les ateliers étaient bien dirigés et que les enfans recevaient une bonne éducation industrielle. L'un d'eux s'exprimait ainsi en 1841 :

« Vous nous demandez des avis, Monsieur le Préfet, et nous » sommes forcés de reconnaître que beaucoup de fabricans » pourraient aller puiser des exemples au pénitencier sur les » avantages de la division du travail si précieux en industrie. »

Ces expertises se sont renouvelées en 1842, et tous les ateliers ont été successivement examinés. Je suis heureux de pouvoir reproduire ici textuellement les termes dans lesquels trois des experts m'ont rendu compte de leur mission :

« Nous avons reconnu et constaté les immenses progrès que » l'application du système cellulaire avait apportés dans l'ins- » truction scolaire et l'éducation professionnelle des enfans ; » nous ne saurions mieux témoigner du bien-être qu'ils éprou- » vent en général qu'en rapportant les propres paroles de l'un » d'eux, qui nous a dit qu'ayant encore quinze mois à subir, il » pouvait désirer son affranchissement par esprit de liberté, » mais que, s'il consultait ses intérêts, il préférerait doubler son » tems. Ceci parle en faveur de l'Administration et de l'enfant. »

Enseignement du Dessin.

L'enseignement du dessin, comme l'enseignement élémentaire et l'enseignement religieux, donne d'excellens résultats, et l'Administration doit à MM. Patrois et Daix, dont le cours à la maison centrale est gratuit, des remerciemens pour leur zèle et pour leur dévouement. En autorisant l'enseignement de cet art, j'ai eu l'intention de créer en même tems, pour les enfans, un auxiliaire puissant dans certaines professions, et une récréation utile qui contribue à l'emploi du tems le dimanche. Ce double but a été atteint.

Aujourd'hui, 52 enfans, divisés en deux classes, participent à cette étude, et la plupart ont fait déjà des progrès assez rapides pour dessiner d'après les modèles en relief qui ont été donnés à l'établissement par le Musée royal, et d'après des modèles d'ornemens en plâtre que Votre Excellence elle-même a bien voulu, sur ma demande, accorder pour cette maison.

Dépense.

En comparant le chiffre des allocations que j'ai demandées au budget de la maison centrale d'éducation correctionnelle pour 1842, avec l'aperçu de la dépense, que je lui ai donné par mon rapport du 29 février 1840, comme élément d'appréciation du système de la séparation continue, Votre Excellence verra que le prix de journée de chaque enfant, que j'avais d'abord évalué à 1 fr. 23 cent. 12e ne dépassera pas, selon toute probabilité, 1 fr. 10 cent. pour 1842.

Résultats moraux. — Discipline.

266 enfans ont quitté la maison centrale d'éducation correctionnelle en 1841 et 1842, savoir :

165 comme libérés définitivement, ci..	165
96 comme libérés provisoirement, et sur lesquels 9 avaient été admis à titre d'hospitalité seulement, ci	96
5 par suite de transféremens, ci	5
Total égal	266

Sur ce nombre, 42 y sont rentrés, savoir :

26 comme récidivistes, et 15 comme réintégrés sans nouveaux jugemens.

Parmi ces enfans, 2 ne sont rentrés dans la maison que sur leur demande; un autre avait subi son premier jugement en cellule, 10 n'avaient point été encellulés; les 29 autres avaient été soumis au régime de la séparation continue, savoir: 1 pendant deux mois, 1 pendant cinq mois, 5 pendant six mois, 3 pendant sept mois, 3 pendant huit mois, 1 pendant neuf mois, 1 pendant dix mois, 6 pendant un an, 1 pendant quatorze mois, 4 pendant dix-huit mois, 1 pendant vingt mois, 1 pendant vingt-trois mois, et 1 pendant deux ans et demi.

En comparant cette situation à celle que j'ai mise sous les yeux de Votre Excellence, par mon rapport du 23 janvier 1841, on voit que le nombre moyen des récidives et des réintégrations, en 1841 et 1842, serait un peu moins élevé que celui de 1840. Il faut observer, d'ailleurs, que le plus grand nombre des récidivistes et des réintégrés appartiennent à des libérations antérieures aux deux années ci-dessus.

Le chiffre des récidives et des réintégrations peut au surplus s'expliquer, jusqu'à un certain point, par la surveillance plus active de la Société de patronage. Placés sous son égide, les enfans ne peuvent s'écarter des devoirs qu'elle leur a tracés, ni donner des preuves d'inconduite ou d'insubordination, sans que, par son intermédiaire, la Justice ou l'Autorité interviennent immédiatement.

A cette occasion, je ne puis que répéter à Votre Excellence ce que j'ai eu l'honneur de lui dire l'année dernière dans mon rapport du 23 janvier : le chiffre des réintégrations ne pourra avoir une valeur irrécusable qu'autant que le système de l'isolement aura été complété et étendu aux jeunes prévenus, et qu'au dehors il n'arrivera plus entre eux de ces reconnaissances qui produisent des influences si funestes des uns sur les autres. Jusque-là les réintégrations et les récidives seront à peu de chose près ce qu'elles ont été par le passé ; le nombre en variera sans doute, mais sans cause bien saisissable et bien déterminée. Quant à présent, on peut juger plus particulièrement les effets moraux recueillis du système cellulaire de jour et de nuit dans la maison même. Or, à ce point de vue, tout est non seulement rassurant, mais concluant; les enfans sont généralement d'une humeur et d'un caractère faciles; les actes de résistance et de violence, si ordinaires dans le régime en commun, ne se reproduisent plus; les exhortations suffisent presque toujours à prévenir ou à réprimer les mauvaises dispositions; les caractères, même les plus violens, se soumettent aux voies de persuasion et de douceur, et, sous ce rapport, une amélioration profonde s'est fait remarquer chez beaucoup de jeunes enfans. Il y a là tous les indices, tous les signes certains de l'efficacité, sous le rapport moral, du système de l'isolement, et il est impossible à toute personne appelée à l'étudier de près, de ne pas avouer sa supériorité sur tout autre, quelque prévention qu'on puisse d'ailleurs avoir à cet égard.

Les récompenses que j'ai instituées, et desquelles j'ai rendu compte à Votre Excellence, aident beaucoup aux résultats que je viens d'exposer; elles sont toujours pour les enfans un moyen puissant d'encouragement.

Quant à la discipline, elle est excellente : les punitions sont peu nombreuses; elle peuvent être évaluees tout au plus à trois par jour et ne sont le plus souvent motivées que par de légères infractions aux règles qui concernent l'ordre de la maison, ou par des tentatives de la part des enfans pour établir entre eux des communications orales pendant la nuit, communications qu'un service de surveillance, organisé depuis un an, rend aujourd'hui tout-à-fait impossibles.

Si l'efficacité du système de l'isolement établi à la maison centrale d'éducation correctionnelle ne m'était démontrée jusqu'à l'évidence, et si mes convictions n'étaient déjà formées à cet égard, je ne voudrais d'autres témoignages que celui de M. le marquis de la Rochefoucault-Liancourt, adversaire déclaré du système de séparation continue, qui, dans la séance de la Chambre des Députés du 11 mai 1841, et après avoir si bien fait ressortir la différence radicale qui existe entre le régime suivi au pénitencier de Paris et les divers systèmes anglais et américains, a proclamé, comme l'avait fait, en 1840, le conseil général du département de la Seine, les heureux résultats obtenus par l'encellulement des jeunes détenus, et recommandé au Gouvernement, avec toute la chaleur que donne la plus profonde conviction, le régime et le mode d'administration adoptés par l'établissement.

Je ne terminerai pas ce rapport, Monsieur le Ministre, sans témoigner à Votre Excellence combien j'ai eu à me louer de l'utile concours que m'a prêté, en toute occasion, la commission de surveillance instituée près la maison des jeunes détenus, aujourd'hui maison centrale d'éducation correctionnelle (1). Aucune modification de quelque importance n'a été introduite dans le régime de cette maison, sans avoir été préalablement examinée et discutée dans le sein de cette Commission, qui se réunit périodiquement à ma préfecture, et l'assentiment des hommes éclairés qui la composent a été pour moi un puissant motif d'encouragement.

Agréez, Monsieur le Ministre, l'hommage de mon respect.

Le Conseiller d'État, Préfet de Police,

G. DELESSERT.

---

(1) Cette Commission se compose de

MM. Bérenger, pair de France, conseiller à la Cour de cassation ;
de Cambacérès, pair de France, membre du Conseil général du département de la Seine ;
duc d'Estissac, pair de France, aide-de-camp du Roi ;
de Beaumont (Gustave), député ;
Jacquinot-Godard, conseiller à la Cour de cassation ;
de Metz, ancien conseiller à la Cour royale de Paris ;
Godon de Frileuse, substitut de M. le procureur général près la Cour royale de Paris;
de Gérando, — id. — id. — id. —
Ternaux (Mortimer), maître des requêtes, député, membre du Conseil général de la Seine.

PRÉFECTURE DE POLICE.

RAPPORT

A M. LE MINISTRE DE L'INTÉRIEUR,

AU SUJET

DES MODIFICATIONS INTRODUITES DANS LE RÉGIME DU PÉNITENCIER DES JEUNES DÉTENUS.

Paris, le 18 Avril 1844.

MONSIEUR LE MINISTRE,

Votre Excellence m'a témoigné le désir de recevoir, avant la discussion du projet de loi relatif aux prisons, un rapport sur l'état de la maison centrale d'éducation correctionnelle de Paris, pendant l'année 1843.

Je m'empresse de satisfaire à ce désir. Je suivrai, pour l'ordre des matières, les divisions observées dans les rapports que j'ai eu l'honneur d'adresser précédemment à Votre Excellence, au sujet du même établissement.

Nature et Chiffre de la Population.

La population moyenne des enfans renfermés dans la maison centrale d'éducation correctionnelle, dans le cours de l'année 1843, a été de 413 enfans, dont 24 prévenus et 31 détenus par voie de correction paternelle.

Au 1er janvier 1844, la maison renfermait 433 enfans, savoir :

Prévenus.	69
Jugés à plus d'un an	325
— à un an et moins d'un an	7
Détenus par voie de correction paternelle.	32
Égal. . .	433

Etat sanitaire.

La moyenne des malades, pendant la même année 1843, a été de 30 enfans 66/100, soit 7, 42 °/₀. Ce résultat est meilleur que celui qu'ont donné les années 1840 et 1842, et c'est à peu près celui de 1841. Vous savez en effet, Monsieur le Ministre, que, suivant mes rapports en date des 23 janvier 1841 et 6 février 1843, la moyenne des malades avait été, en 1840 (pour les dix premiers mois) de 34 pour une population de 455 enfans, soit 7, 47 °/₀; en 1841, de 32 enfans pour une population de 451 enfans, soit 7, 09 °/₀, et en 1842, de 38 pour une population de 433 enfans, soit 8, 75 °/₀.

Le nombre des jeunes détenus qui sont morts dans la maison centrale, en 1843, a été de 36 pour la population indiquée ci-dessus de 413 enfans, soit 8, 71 °/₀; en 1842, il avait été de 37 pour une population de 433, soit 8, 54 °/₀. Il a donc été, en 1843, numériquement un peu plus faible, mais, proportionnellement, un peu plus élevé qu'en 1842.

Mais à l'égard de la mortalité, je ne me bornerai point à ce rapprochement. Cette question m'a vivement préoccupé en ce que quelques adversaires du système cellulaire de jour et de nuit ont cru y trouver des argumens de nature à faire douter des effets de ce système, et je crois devoir profiter de l'occasion qui m'est offerte pour la traiter dans son ensemble et avec tous les développemens qu'elle comporte.

Dans un rapport spécial, en date du 9 novembre dernier, et sur la demande qu'en avait faite Votre Excellence, j'ai eu l'honneur de lui transmettre un tableau comparatif de la mortalité des jeunes détenus qui ont été renfermés tant aux Madelonnettes que dans la maison d'éducation correctionnelle pendant une période de 11 ans (de 1832 à 1842 inclus); je tirais de ce tableau cette première induction, que la mortalité qui, aux Madelonnettes, s'était maintenue, pendant 4 années de régime en commun, à un taux à peu près égal de 4 °/₀, qui semblait devoir y devenir la moyenne normale, avait toujours été croissante à la prison de la Roquette tant que les enfans y avaient été soumis au même régime (le régime en commun); j'expliquais cet accroissement par l'influence de cette dernière maison qui, abstraction faite du système de détention, quel qu'il soit, auquel on veuille l'appliquer, renfermera toujours un vice d'insalubrité, tant qu'on n'aura pas apporté dans les dispositions des bâtimens certaines modifications qui devront avoir pour objet principal de faciliter la circulation de l'air, et dont on ne pourra utilement s'occuper que lorsque la question relative à la propriété de l'immeuble aura été définitivement résolue. J'ajoutais que cette influence mauvaise n'était que trop malheureusement favorisée par la nature de la population sur laquelle elle devait agir; qu'en effet, cette population n'est comparable à aucune autre, puisque, d'une part, elle se compose d'enfans chez lesquels le développement et la croissance sont des causes de maladies fréquentes et que, d'un autre côté, ces enfans sont presque tous d'une faible constitution que la misère et la débauche ont altérée encore d'une manière d'autant plus funeste qu'elles agissaient sur des tempéramens non formés; je terminais enfin en faisant remarquer que, de l'avis exprimé par plusieurs médecins, et notamment par deux commissions médicales que j'ai instituées, la presque totalité de ceux qui arrivent à la maison de la rue de la Roquette y viennent avec un germe de maladie d'une nature à se déclarer tôt ou tard.

Il est extrêmement important de tenir compte de ce fait et de la disposition vicieuse des localités dans l'appréciation des maladies et de la mortalité des jeunes détenus de Paris, et j'ai dû, avant tout, rappeler ici ces deux circonstances, parce qu'elles peuvent, à elles seules, répondre aux objections que pourrait susciter, sous ce rapport, tout rapprochement entre la maison dont il s'agit et les prisons d'adultes ou même des jeunes détenus placées dans d'autres conditions.

Considérant d'ailleurs que le régime en commun et le système cellulaire ont été mis en pratique au pénitencier de la Roquette pendant un nombre d'années à peu près égal, je ne m'occuperai que des faits qui se sont produits dans ce dernier établissement et dans les deux systèmes, parce que de ces faits seulement peuvent, à mon avis, résulter des enseignemens utiles. Il me suffira pour cela de remonter au 1er janvier 1837, époque qui a suivi de près celle de la prise de possession des bâtimens de la Roquette par les jeunes détenus (11 septembre 1836).

Des documens contenus dans le tableau dont j'ai parlé plus haut, il résulte qu'il est mort dans la maison centrale, savoir :

Dans le régime en commun :

En 1837, 15 enfans pour une population de 498, soit 3, 01 %
En 1838, 27 — id. — id. — 533, soit 5, 07
En 1839, 40 — id. — id. — 503, soit 7, 95

Dans le système cellulaire :

En 1840, 40 enfans pour une population de 455, soit 8, 79
En 1841, 48 — id. — id. — 451, soit 10, 64
En 1842, 37 — id. — id. — 433, soit 8, 54

Quant à 1843, j'ai dit plus haut que le chiffre des décès dans la maison, pendant ladite année, avait été de 36 sur une population moyenne de 413, soit 8, 71 %. Je dois ajouter, pour ne rien dissimuler en ce qui touche la question grave de la mortalité chez les jeunes détenus de la Seine, que, indépendamment de ces 36 enfans, 32 ont été extraits de la maison centrale pour maladies graves et remis à leurs parens qui les réclamaient pour leur donner les soins qu'exigeait leur état ; mais un fait qui a été omis involontairement dans mes rapports précédens et qu'il importe de consigner ici, c'est que, pendant les années antérieures, un certain nombre d'enfans ont été également remis à leurs familles pour la même cause. Parmi ces enfans, les uns ont été, depuis, libérés provisoirement ou définitivement, ou réintégrés dans la maison par suite de guérison ; les autres ont succombé, au dehors, à la maladie dont ils étaient atteints à leur sortie. J'ai pensé que cette dernière circonstance ne devait pas être omise dans l'appréciation de la mortalité au pénitencier et que, pour arriver à des calculs tout-à-fait exacts, il fallait considérer comme décédés dans la maison même, ceux des enfans extraits pour cause de maladie qui étaient décédés à la suite de cette maladie, sauf, bien entendu, à comprendre fictivement jusqu'à leur mort pour les uns et jusqu'à la fin de chaque année pour les autres, leurs journées de présence dans l'appréciation de la moyenne de la population.

De ces nouveaux élémens résultent nécessairement des modifications importantes dans le chiffre de la mortalité des jeunes détenus. Ces modifications se trouvent résumées dans le tableau ci-après, en sorte que Votre Excellence pourra les apprécier d'un coup d'œil :

ANNÉES.	Population moyenne, y compris les enfans sortis pour maladie.	Nombre des décès dans la maison.	Nombre des enfans extraits pour cause de maladie.	Nombre de décès au dehors.	Total des décès, tant dans la maison qu'au dehors.	Proportion des décès, par 100 enfans.
			Régime commun.			
1837	498	15	» (a)	»	15	3, 01
1838	536	27	9	7	34	6, 34
1839	513	40	42	28	68	13, 25
			Régime cellulaire.			
1840	459	40	19	19 (b)	59	12, 85
1841	453	48	14	2	50	11, 03
1842	450	37	40	21	58	12, 88
1843	420	36	32	18	54	12, 85

(a) En 1837, il n'y a pas eu de sorties pour cause de maladie.

(b) Ces 19 enfans ont été considérés comme décédés, bien qu'il existe des doutes sur le sort de quelques-uns d'entr'eux.

Remarquez ici, Monsieur le Ministre, que ce résultat est tout favorable au système d'isolement. En effet, dans la période des trois années pendant lesquelles les enfans ont été soumis au régime en commun, la mortalité s'est constamment accrue, tandis que, depuis le système d'isolement, elle est restée stationnaire avec tendance vers une diminution de mortalité. Il est donc évident que plus les détenus ont vécu dans le système en commun, plus leur santé s'est dégradée, tandis qu'au contraire la durée de leur détention sous le système d'isolement, amène évidemment une amélioration dans leur état sanitaire.

On objectera peut-être que l'année 1839, désignée plus haut comme année de régime en commun et pendant laquelle le nombre des décès a été le plus élevé, est une année mixte appartenant aux deux systèmes, puisque l'encellulement général a commencé à la fin du mois de février de la même année et qu'au mois d'octobre suivant, ainsi que le constate mon rapport du 29 février 1840, j'étais parvenu à faire confiner séparément 233 enfans sur 508. Je pourrais d'abord faire observer que le système de l'isolement absolu n'a été rigoureusement appliqué à aucun enfant en 1839, puisque tous les jeunes détenus indistinctement ont continué de prendre leurs récréations en commun jusqu'au 1er janvier 1840; mais, pour mieux répondre à cette objection et démontrer que l'année 1839 doit être considérée, au point de vue sanitaire, comme appartenant entièrement au régime en commun, il me suffira de rappeler ce que je disais à cet égard dans mon rapport du 29 juin 1839, époque à laquelle il n'y avait encore que 132 enfans en cellules, y compris ceux du quartier de la correction paternelle :

« Dans les derniers mois de 1838 et les premiers mois de » 1839, le pénitencier a été frappé d'une maladie épidémique, » et quelquefois, sur une population générale de 500 à 550 in- » dividus, 90 se sont trouvés ensemble à l'infirmerie. Or, une » circonstance digne de remarque et qui est bien faite pour ôter » toute inquiétude relativement à l'effet que peut avoir la dé- » tention séparée sur la santé des prisonniers, c'est que, pen- » dant le plus fort de l'épidémie, seulement un ou deux » enfans de la correction paternelle en ont été légèrement » atteints, et qu'aujourd'hui où le nombre des malades ou con- » valescens, dans la population soumise au travail en commun, » est encore de un sur 6 1/2, il ne s'en trouve pas un seul » sur 42 enfans renfermés dans ce même quartier, *ni parmi* » 90 *autres qui ont été cellulés dans d'autres parties de la maison.* »

Le même fait s'est reproduit dans le cours de la même année et à des époques différentes, et il a été d'ailleurs bien constaté que le nombre des décès et des admissions à l'infirmerie diminuait au fur et à mesure que le système de l'isolement était appliqué à un plus grand nombre d'enfans. Il est donc résulté de l'isolement pour les enfans, sous le rapport hygiénique, un bien incontestable, et, il est permis de le dire, c'est cet isolement qui arrêta, seul, la marche de l'épidémie qui a sévi sur eux en 1839. Un témoignage important que je tiens à consigner ici, parce qu'il vient corroborer mon opinion, est celui de M. le docteur Paris, médecin de l'établissement, lequel affirmait alors, comme il affirme encore aujourd'hui, « que la mise en » cellule de tous les enfans, le jour et la nuit, avait été une » circonstance favorable à leur santé ; que la persistance dans » le régime en commun aurait été mortelle pour les 475es » d'entr'eux, et que le retour à ce régime aurait pour effet

» infaillible aujourd'hui d'augmenter les décès dans une » effrayante proportion. »

Cette opinion paraîtra peut-être un peu absolue; mais, appuyée des faits incontestables qui précèdent, elle prouvera du moins que je devais, au point de vue sanitaire, considérer, ainsi que je l'ai fait, l'année 1839, comme appartenant toute entière au système de la vie en commun, circonstance que, pour l'appréciation comparative des décès dans les deux régimes, il était on ne peut plus important de bien préciser.

Il ne sera pas sans intérêt de raconter ici un fait particulier qui a contribué puissamment à faire prendre la décision relative aux premiers essais d'isolement qui eurent lieu en 1839.

A l'époque où sous le régime en commun, pendant l'année 1839, une espèce de dissenterie régnait dans la maison et résistait aux efforts les plus persévérans de la médecine, à l'époque même où plus de 90 enfans étaient à l'infirmerie, deux jeunes détenus se rendirent coupables d'un fait de vol dans l'infirmerie. Tout malades qu'ils étaient, il eût été d'un mauvais exemple de laisser passer ce fait sans punition, et il fut décidé que ces deux enfans seraient placés dans des cellules séparées, mais avec tous les soins que réclamait leur état de maladie. Au bout de quelques jours, ces deux enfans, dont la maladie avait été rebelle à tous les moyens curatifs, arrivèrent à un rétablissement graduel et ensuite complet. C'est alors que, frappé de ce résultat, il fut proposé d'isoler 50 enfans malades dont la guérison suivit prochainement.

Je ne veux pas nier, malgré tout, que le chiffre de la mortalité, pendant les années du système cellulaire, ne soit encore fort élevé, mais cette élévation s'explique de plusieurs manières. J'ai déjà dit (et cela résulte de la comparaison faite des décès aux Madelonnettes et à la maison centrale pendant le régime en commun, cela a été reconnu et constaté par plusieurs commissions sanitaires), qu'il y a à la prison de la Roquette un vice de construction, de dispositions de localités, qui influe d'une manière fâcheuse sur les enfans, d'autant plus disposés à subir ces influences, qu'ils sont tous ou presque tous d'une constitution altérée par la débauche et par la misère. Or, si l'isolement a diminué, comme on l'a vu, les inconvéniens de cet état de choses, il n'a pu cependant les détruire tout-à-fait.

Ensuite, les maladies qui ont frappé sur les enfans en 1838 et 1839, n'ont pas eu une influence fatale sur cette dernière année seulement; cette influence s'est étendue sur les années suivantes, et, jusqu'en 1842 et 1843, on signalait encore des enfans succombant aux suites de ces affections qui avaient laissé chez eux des traces profondes. Il est donc très probable que, sans cette circonstance, le chiffre des décès des années du régime cellulaire aurait notablement diminué.

Enfin, et c'est une considération qui n'est pas sans importance, le défaut de promenoirs en suffisante quantité a empêché, jusqu'à présent, de procurer aux enfans tout l'exercice que nécessitent l'activité de leur âge et surtout les affections scrofuleuses dont ils sont atteints. C'est pour remédier à cet inconvénient que, depuis longtems déjà et récemment encore, dans un rapport spécial, contenant des propositions pour l'agrandissement de la prison de la Roquette, j'ai demandé la création, sur les terrains vagues qui entourent l'établissement, de 30 préaux environ, qu'on pourrait couvrir en partie, afin de les faire servir à la promenade dans tous les tems possibles. Ces préaux, couverts en partie, pourront aussi servir utilement à permettre des travaux, tels que cassures de pierres, sciage de bois, etc., d'une nature à donner aux enfans, pendant l'heure de la promenade, un emploi de leurs forces utile à leur développement physique. J'appelle incidemment, Monsieur le Ministre, toute votre attention et toute votre sollicitude non seulement sur ce point, mais encore sur l'ensemble des propositions que j'ai eu l'honneur de vous soumettre pour l'amélioration de la maison.

Des deux autres causes auxquelles j'ai attribué l'élévation du chiffre de la mortalité pendant les années 1840, 1841, 1842 et 1843, l'une, celle qui se rattache à l'épidémie de 1839, disparaîtra d'elle-même, si déjà elle n'a cessé d'exister. Quant aux inconvéniens résultant de la construction vicieuse de la maison, on ne peut se dissimuler qu'ils devront exercer une influence fâcheuse sur la santé des enfans jusqu'à ce que les travaux d'assainissement dont j'ai parlé plus haut aient été effectués. Cela me conduit à faire remarquer que, pour bien apprécier, sous le rapport hygiénique, surtout au point de vue critique, les effets du système de la séquestration absolue, il faudrait pouvoir être appelé à le juger sur une maison réunissant des conditions de salubrité convenables, et sur une population saine ou du moins placée dans des conditions de santé ordinaires au moment où elle aurait été soumise à ce système, et que, ces deux conditions manquant essentiellement au pénitencier de la Roquette, on ne doit pas prendre cette maison comme terme *absolu* de comparaison.

J'ai voulu vérifier, au surplus, jusqu'à quel point le chiffre de la mortalité porté à 12 °/₀, taux moyen auquel il s'est élevé en définitive depuis 1840 au pénitencier de la rue de la Roquette, est supérieur à celui que fournit, sous ce rapport, la statistique des maisons centrales du royaume, dont la population ne peut être pourtant, par les raisons déduites précédemment, comparée à celle des jeunes détenus de Paris, mais qui offrent du moins un point de ressemblance certain, celui de la durée moyenne de la détention qui est, à peu de chose près, la même partout. D'un état officiel que j'ai en ce moment sous les yeux, il résulte qu'il est mort dans les maisons centrales :

En 1840, 1481	individus sur une populat. moyenne de				18,051,	soit 7,92 °/₀
En 1841, 1547	id.	—	id.	— id.	18,431,	soit 8,39
En 1842, 1472	id.	—	id.	— id.	18,615,	soit 7,90
Ensemble pour les 3 années, 4450	id.	—	id.	— id.	55,098,	soit 8,07 °/₀

Au premier aspect, ces résultats sembleraient militer en faveur du régime en commun ; mais une observation importante que me fournit la lecture de l'excellent rapport de M. de Tocqueville sur le projet de loi qui va être soumis aux délibérations de la Chambre des Députés, c'est que, d'un travail de M. le docteur Chassinat, il résulterait que l'âge où la mortalité sévit le plus dans les maisons centrales est l'âge de 16 à 20 ans, et que l'on y meurt à cet âge une fois plus que ne le comporte la moyenne générale. Il y a donc lieu de supposer que la mortalité y aurait frappé sur des enfans de 16 à 20 ans dans une proportion double de celle indiquée ci-dessus, et se serait élevée conséquemment à 16, 14 °/₀. Or, Votre Excellence a vu qu'au pénitencier, et malgré les circonstances fâcheuses dont j'ai parlé et qui sont tout-à-fait étrangères au système d'isolement, la proportion des décès n'a été que de 12 °/₀. Je dois dire cependant que généralement, au pénitencier de la Roquette, les enfans ne sont pas âgés de 16 à 20 ans ; mais, s'il est vrai que l'âge moyen d'un assez grand nombre ne dépasse pas de 13 à 14 ans, beaucoup d'entre eux aussi ont atteint 16, 18 et même 20 ans. Supposant que l'observation consignée dans le rapport de M. de Tocqueville puisse s'appliquer au tiers seulement des enfans détenus à la Roquette, hypothèse qui, en définitive, s'éloigne fort peu de la réalité, on voit tout de suite que, sans cette circonstance, le chiffre de la mortalité, porté à 12 °/₀, eût diminué dans une forte proportion.

Je prie d'ailleurs Votre Excellence de ne pas perdre de vue que le chiffre de la mortalité dans les maisons centrales, fixé à 8, 07 °/₀, représente la proportion moyenne des décès qui ont eu lieu dans l'ensemble des établissemens, mais que cette proportion a été beaucoup plus forte dans certaines maisons, notamment dans celles de Beaulieu, de Fontevrault, de Limoges et d'Eysses, où le chiffre de la mortalité s'est élevé jusqu'à 12, 13, 14, 15 et même 18 %.

Enfin, en terminant ce qui est relatif à l'état sanitaire, je dirai quelques mots seulement en réponse à un des argumens si fréquemment mis en avant par les adversaires du système de l'emprisonnement individuel, celui de l'altération des facultés mentales des détenus; et pourquoi, Monsieur le Ministre, n'en parlerai-je que pour ordre, c'est qu'aucun cas de ce genre ne s'est révélé dans la maison centrale d'éducation correctionnelle en 1843. Et lors même que dans l'avenir des cas semblables pourraient se manifester, ils ne devraient ni ne pourraient être attribués au système établi dans cette maison centrale, puisque, et nous ne saurions assez le répéter, il ne s'agit point du système d'isolement absolu de Philadelphie, mais bien uniquement et de la manière la plus positive, *de l'isolement de détenu à détenu* avec communications fréquentes et multipliées avec tous ceux qui peuvent améliorer, consoler et adoucir le détenu, tels que le directeur, l'aumônier, le médecin, l'instituteur, les contre-maîtres, les visiteurs et même les parens, lorsque les détenus se montrent dignes de ces dernières communications.

Culte. — Enseignement religieux.

M. l'abbé Crozes, aumônier de la maison centrale, et les frères de la Doctrine chrétienne rivalisent de zèle pour donner à cet enseignement tous les développemens désirables. Leurs soins et leur sollicitude s'étendent, comme je l'ai dit dans mon précédent rapport, non seulement aux enfans valides, mais encore à ceux admis dans le quartier de l'infirmerie, en sorte que tous les enfans, sans aucune distinction, continuent de participer aux instructions religieuses.

Maintenant que le tems et l'expérience ont consacré les bons résultats de ses exhortations, M. l'aumônier s'affermit tous les jours davantage dans l'opinion qu'il a manifestée l'année dernière, que, sous le rapport de l'éducation morale et religieuse, comme sous tous les autres, l'isolement des enfans est incontestablement préférable au régime en commun.

Instruction élémentaire.

Tous les enfans continuent de prendre part, sous la direction éclairée du greffier-instituteur, à l'instruction élémentaire donnée par la méthode Villars. Je n'ai toujours que de bons résultats à constater de son application.

En ce moment, sur 343 enfans participant aux leçons et dont la presque totalité ne savaient absolument rien au moment de leur entrée, 114 savent lire, écrire et calculer en partie, 78 savent lire et écrire, 66 commencent à lire et à écrire d'une manière passable, et 86 ne savent encore ni lire ni écrire : ces derniers enfans sont depuis peu de tems dans la maison.

Dans le rapport que j'ai eu l'honneur d'adresser à Votre Excellence, le 6 février 1843, je lui ai fait connaître que l'enseignement élémentaire s'était étendu au calcul. Depuis cette époque, l'arithmétique a continué d'être enseignée dans les 4e et 5e classes avec tout le succès qu'on pouvait espérer. Toute la 5e classe a vu la division, et la 4e connaît la multiplication.

Travail industriel.

Vous savez, Monsieur le Ministre, que la plupart des marchés qui avaient été passés pour l'exploitation des ateliers de fabrication existant à la maison centrale expiraient le 1er novembre 1843, et qu'ils ont tous été renouvelés pour 4 ans, à partir de cette époque. Ce renouvellement ayant eu lieu sans diminution notable dans les prix de journée et, à peu de chose près, dans les mêmes termes que les anciens marchés, bien que le tems de travail des enfans ait été réduit par la durée et la fréquence des promenades, et que l'augmentation des mises en liberté provisoire soit réellement une cause préjudiciable aux intérêts des confectionnaires, on peut le considérer comme un nouveau témoignage de la compensation que ces derniers trouvent dans l'assiduité et l'attention que l'isolement commande aux enfans.

Les produits des ateliers, pendant l'année 1843, se résument par les moyennes suivantes :

Nombre de journées de travail par mois. . .	7,133.
Nombre de travailleurs par jour.	279.
Produit par mois	2,263 f »
Produit de la journée.	31c73

En 1841, le produit de la journée moyenne a été de 31 c. 81 ; en 1842, il s'est élevé à 32 c. 30.

La légère diminution qu'a éprouvé le produit de la journée,

en 1843, s'expliquerait au besoin par l'abaissement de la durée de la détention, qui ne s'élève guère maintenant en moyenne au-dessus de deux ans et demi. Il ne faut pas perdre de vue, en effet, que les prix de journées n'augmentent d'une manière sensible que vers la 3e et la 4e année, c'est-à-dire, lorsque l'apprentissage des jeunes détenus touche à son terme.

Au surplus, ces résultats viennent confirmer ce que je disais à Votre Excellence, dans mon rapport du 6 février 1843, au sujet de l'élévation peu probable du produit de la journée de travail. Les libérations définitives et les mises en liberté provisoire continuent d'enlever des ateliers les travailleurs les plus anciens et les mieux rétribués, et ces mouvemens s'opèrent dans un cercle qui, tous les ans, tend à s'étendre, du moins en ce qui concerne les libertés provisoires (1).

Il n'échappera pas à Votre Excellence, que le nombre moyen des travailleurs a diminué de 35 comparativement à 1842, et cela, bien que la population moyenne, en 1843, n'ait été inférieure que de 20 à celle de 1842. Cette baisse survenue dans la moyenne des travailleurs, et qui est la cause de celle qu'on remarque aussi dans le chiffre des produits de chaque mois, provient de ce que les enfans *prévenus*, qui étaient autrefois détenus aux Madelonnettes, ont été, depuis le mois d'août 1843, dirigés exclusivement sur la maison centrale. Les détenus de cette catégorie ne figurent en effet dans les ateliers proprement dits qu'à partir du moment où ils sont jugés, et comme la maison, dans son état actuel, ne peut guère renfermer plus de 470 enfans, on comprend que l'Administration ait été forcée, au fur et à mesure de l'arrivée des prévenus, de diriger sur d'autres établissemens une partie des jugés, c'est-à-dire, des travailleurs.

En définitive, les travaux industriels ont reçu jusqu'à ce jour une bonne direction, et il n'est pas douteux qu'on puisse, avec le système cellulaire, former des ouvriers au moins aussi habiles que dans le régime en commun. Je m'estimerais heureux, Monsieur le Ministre, de voir le jury d'examen admettre à l'exposition prochaine de l'industrie nationale les produits des enfans, que mon Administration destine à cette solennité, et au sujet desquels j'ai eu l'honneur de vous écrire récemment. Non seulement cette mesure stimulerait l'émulation des enfans et des confectionnaires, mais j'ai l'intime conviction qu'elle

(1) Les libertés provisoires portent sur les meilleurs ouvriers, puisqu'elles sont accordées à titre de récompenses pour la bonne conduite et l'aptitude au travail.

prouverait aux adversaires du régime de la séparation individuelle que l'encellulement n'est pas un obstacle au progrès de l'éducation professionnelle.

Enseignement du Dessin.

Je ne puis que répéter ici ce que j'ai dit à Votre Excellence, dans mon rapport du 6 février 1843, au sujet de l'enseignement du dessin. Cette étude contribue au développement de l'éducation industrielle des enfans, surtout dans certaines professions enseignées au pénitencier, et l'Administration doit un nouveau témoignage à MM. Patrois et Daix pour le zèle et le désintéressement qu'ils ont apportés jusqu'ici dans l'enseignement de leur art.

Le nombre des jeunes détenus qui profitent des leçons de dessin varie de 50 à 60, et les classes ne sont composées, autant que possible, que d'enfans appartenant aux industries pour lesquelles cette étude est nécessaire.

Comparé à la population de la maison, le nombre des enfans admis au cours de dessin est sans doute fort restreint; mais il pourra augmenter si Votre Excellence consent à ce que MM. Patrois et Daix qui, depuis près de quatre ans, enseignent leur art gratuitement, reçoivent l'indemnité annuelle que je lui ai proposé de leur accorder à partir du 1er janvier 1844.

Dépense.

Le prix de journée de chaque enfant, que j'avais évalué approximativement, dans mon rapport du 6 février 1843, à 1 fr. 10 c. pour 1842, se trouve définitivement fixé par la clôture du compte de cet exercice à 1 fr. 13 c. $\frac{2.813}{10.000}$

Pour 1843, et bien que quelques dépenses restent encore à liquider, on peut, dès-à-présent, prévoir que ce dernier chiffre ne sera pas dépassé, malgré la diminution survenue dans le produit des travaux dont partie, comme le sait Votre Excellence, vient en déduction des frais généraux.

Résultats moraux. — Discipline.

Il suffit, pour se bien pénétrer de l'influence du régime cellulaire sur les dispositions morales des enfans, de comparer, en prenant pour base une période de même durée, le chiffre des punitions encourues sous ce régime avec celui des punitions sous le régime en commun.

En 1837, 1838 et 1839, années de régime en commun, la moyenne des punitions a été de 1170, tandis que dans les années 1841, 1842 et 1843, années de régime cellulaire, elle n'a été que de 398. Quant aux récidives, je n'ai pas encore recueilli tous les renseignemens nécessaires pour dresser le tableau comparatif que j'aurais voulu présenter à Votre Excellence pour chacune des années sus-mentionnées. Je m'occupe en ce moment de ce travail qui, j'en ai l'assurance, donnera également des résultats satisfaisans. Mais je crois devoir répéter ici que le chiffre des récidives ne pourra avoir une valeur irrécusable, qu'autant que le système de l'isolement aura été complété et qu'il ne pourra plus arriver entre les enfans, en dehors de la maison, de ces communications et de ces reconnaissances qui produisent des influences si funestes des uns sur les autres. Déjà un grand pas a été fait vers ce but en étendant le système de l'emprisonnement continu aux prévenus, et en créant à la maison centrale un dépôt cellulaire où les enfans sont placés à leur arrivée, de manière à ce que tout rapport cesse entr'eux dès leur entrée dans la maison ; mais il reste encore le transport en commun dans les voitures et la confusion qui s'établit souvent entr'eux à partir du moment de leur arrestation jusqu'à celui de leur entrée au pénitencier, deux points sur lesquels je me propose d'appeler prochainement l'attention de Votre Excellence.

Les récompenses que j'ai instituées et qui, comme le sait Votre Excellence, consistent dans l'admission à la table d'honneur (1) ou dans la délivrance d'un prix composé, soit d'un livre, soit d'une boîte de couleurs ou de mathématiques, n'ont rien perdu de leur importance aux yeux des enfans. Elles sont toujours pour eux l'objet d'une attention toute particulière, et souvent elles contribuent à les guider dans l'accomplissement de leur devoir.

J'ajouterai que l'ordre le plus parfait règne dans toutes les parties de la maison et que, sous ce rapport, je n'ai qu'à me louer des efforts constans du directeur M. Boullon, et des employés sous ses ordres ; je dois aussi une mention toute particulière à M. Denis, inspecteur-général de la 2e section des

(1) Depuis l'encellulement, la table d'honneur a été remplacée par des distributions extraordinaires de vivres faites, dans chaque cellule, aux enfans qui ont le mieux mérité dans les ateliers, à l'école, aux instructions religieuses, etc., etc. Ces distributions sont toujours pour les détenus un puissant moyen d'émulation.

prisons de la Seine, qui a dans ses attributions la surveillance à exercer sur l'ensemble du service, ainsi qu'à MM. Crozes et Paris, le premier, aumônier; le second, médecin de l'établissement.

Je veux encore, en terminant ce rapport, Monsieur le Ministre, et comme les années précédentes, payer un juste tribut de gratitude à la Commission de surveillance instituée près la maison centrale pour le concours et l'appui qu'elle n'a cessé de me prêter en toute circonstance.

Agréez, Monsieur le Ministre, l'hommage de mon respect.

Le Pair de France, Préfet de Police,

G. DELESSERT.

PRÉFECTURE DE POLICE.

RAPPORT

A M. LE MINISTRE DE L'INTÉRIEUR,

SUR

LA MAISON CENTRALE D'ÉDUCATION CORRECTIONNELLE DE PARIS.

Paris, le 8 mai 1845.

Monsieur le ministre,

Votre Excellence ayant jugé utile d'avoir des renseignemens précis sur celles des prisons du royaume où le régime cellulaire a été introduit, m'a fait l'honneur de me demander un nouveau rapport sur la maison centrale d'éducation correctionnelle qui, depuis plusieurs années, est soumise à ce régime.

Je m'empresse de me conformer à ses instructions.

Le présent rapport contiendra l'exposé des faits qui ont été observés pendant l'année 1844, et formera ainsi, Monsieur le Ministre, le complément de ceux que j'ai eu l'honneur de vous présenter successivement depuis 1839. Je suivrai, pour l'intelligence des matières, la classification que j'ai adoptée les années précédentes. Cette division aura, du reste, l'avantage de faciliter à Votre Excellence les rapprochemens qu'elle désirerait faire.

Nature et Chiffre de la Population.

La population moyenne des enfans détenus dans la maison centrale d'éducation correctionnelle, pendant l'année 1844, a été de 438 enfans, dont 60 prévenus et 33 détenus par voie de correction paternelle.

Au 1er janvier 1845, la maison renfermait 443 enfans, savoir :

Prévenus........................	29
Jugés à plus d'un an................	377
Jugés à un an et moins d'un an........	7
Détenus par voie de correct. paternelle.	30
Total égal......	443

Etat sanitaire.

La moyenne des malades, en 1844, a été de 24 enfans $\frac{97}{100}$ soit 5,70 pour cent.

Le nombre des enfans morts dans la maison centrale pendant la même année 1844, a été de 35 pour la population moyenne indiquée ci-dessus de 438 enfans, soit 7,96 pour cent; mais, ainsi que je l'ai fait remarquer à Votre Excellence, par mon rapport du 18 avril 1844, il convient, pour apprécier d'une manière exacte la mortalité des jeunes détenus de la Seine, d'ajouter au nombre des décès constatés dans l'établissement le chiffre des enfans morts au dehors parmi ceux qui, atteints de maladies graves, ont été extraits et remis à leur famille pour recevoir les soins qu'exigeait leur état. Or, 16 enfans sont sortis pour cette cause de la maison centrale dans le cours de l'année 1844, et 10 d'entre eux sont décédés chez leurs parens. Ainsi, en ajoutant aux 35 enfans morts dans la maison centrale, le chiffre des enfans décédés au dehors et en tenant compte fictivement, jusqu'à leur mort, pour ceux qui ont succombé, et jusqu'à la fin de l'année pour ceux qui ont survécu, des journées de présence des enfans extraits pour cause de maladie grave, on trouve que le chiffre de la mortalité des jeunes détenus s'est élevé, en 1844, à 45 enfans, soit 10,22 % sur une population moyenne rectifiée de 440.

Ce résultat est meilleur que celui qu'ont donné les années 1840, 1841, 1842 et 1843, et pour s'en convaincre, Votre Excellence peut se reporter au tableau comparatif inséré dans mon rapport du 18 avril 1844. Elle verra que la mortalité a été, en 1840, de 12,85 %; en 1841, de 11,03; en 1842, de 12,88 %; et en 1843, de 12,85 %.

Je suis d'autant plus heureux, Monsieur le Ministre, de présenter à Votre Excellence un résultat aussi favorable, qu'il vient confirmer les tendances d'amélioration que j'ai signalées dans mon rapport précité, et je n'hésite pas à constater ici ce fait important, que la diminution de la mortalité sera encore plus sensible lorsque le nombre des préaux de la maison centrale aura été augmenté (ce qui est sur le point d'être fait. Votre Excellence ayant donné son adhésion à la proposition que je lui ai adressée à ce sujet) et lorsque les dispositions d'assainissement, dont j'ai déjà eu l'honneur de l'entretenir, auront pu recevoir leur exécution. En effet, ces deux mesures se lient intimement à l'état sanitaire des jeunes détenus; la première leur procurera un exercice plus long et plus fréquent, et par conséquent plus salutaire; la seconde, en facilitant la circulation de l'air dans l'intérieur des bâtimens, déterminera une ventilation qui concourra puissamment à faire disparaître les influences fâcheuses que la disposition actuelle des localités exerce sur la santé des enfans.

La diminution survenue dans la mortalité, en 1844, serait d'autant plus remarquable, qu'au dépôt de condamnés, prison qui se trouve précisément en face de la maison centrale, et dont les conditions sont conséquemment semblables quant à la situation des bâtimens, mais plus favorables quant à leur disposition, le chiffre des décès s'est élevé, dans le cours de l'année dont il s'agit, à 36, soit 8,10 % pour une population moyenne de 444 détenus, tandis qu'en 1843, la mortalité ne s'était élevée qu'à 21 pour une population moyenne de 422 détenus, soit 4,90 %.

Du reste, en comparant la mortalité survenue en 1844 au dépôt de condamnés avec celle qui a eu lieu à la maison centrale d'éducation correctionnelle pendant le même laps de tems, on trouve, eu égard aux conditions dans lesquelles chacun de ces établissemens est placé, et en tenant compte de la nature de la population qu'ils renferment, que les résultats de cette comparaison sont tout à l'avantage de la maison centrale. Votre Excellence n'ignore pas, en effet, que la mortalité frappe ordinairement les adultes dans une proportion bien moindre que les enfans. Ce fait a été constaté dans le rapport de M. de Tocqueville, sur le projet de loi des prisons, présenté à la Chambre des Députés; il résultait des études faites par M. le docteur Chassinat, et j'ai dû le consigner moi-même dans l'un de mes précédens rapports. Il ne faut pas perdre de vue, d'un autre côté, que la mortalité a agi au dépôt des condamnés sur une population beaucoup plus mobile que celle de la maison centrale, et qui, par conséquent, n'a pas eu le tems de subir à un même degré les influences qui se font sentir sur une population plus stable.

Aux renseignemens qui précèdent et qui, selon moi, sont de nature à dissiper toutes les craintes que pouvait faire naître, au point de vue sanitaire, l'application du régime cellulaire, j'ajouterai que, sur les 35 enfans morts en 1844 à la maison centrale, 11 seulement étaient bien portans lorsqu'ils y sont entrés, que 8 au contraire étaient atteints de maladies graves, et que les 16 autres offraient des traces non douteuses d'une altération plus ou moins profonde dans leur constitution. Ces observations, qui ne sont pas sans importance, ont été constatées par M. le docteur Paris, médecin de l'établissement, dont le témoignage ne peut être révoqué en doute.

Je terminerai mes observations sur l'état sanitaire en 1844, en disant que, pendant cette année, pas plus qu'en 1843, l'Administration n'a eu à constater aucun cas d'aliénation mentale. Quelques troubles momentanés se sont, il est vrai, manifestés dans les idées de quelques enfans, mais ces troubles se rapportaient à des maladies que la médecine a promptement guéries, en faisant disparaître avec elles les accidens qu'elles avaient causés, et rien, du reste, n'a été attribué, dans ces circonstances, à l'état d'isolement dans lequel les enfans sont placés.

Culte. — Enseignement religieux.

L'enseignement religieux continue d'être l'objet des soins et de la sollicitude de M. l'abbé Crozes, aumônier de la maison centrale et des frères de la Doctrine chrétienne, qui le secondent dans ses exhortations. M. l'aumônier s'applaudit tous les jours des résultats obtenus par l'encellulement des enfans sous le rapport de ses instructions, et il persiste dans la conviction qu'il a déjà exprimée, que la séparation des jeunes détenus contribue puissamment au développement de leur éducation morale et religieuse.

Cet enseignement a lieu dans l'ancien parloir de l'établissement, qui sert également à l'enseignement du dessin, et dans lequel il a été établi des divisions cellulaires; mais ces divisions, bien qu'elles aient été doublées en 1841, ne permettent d'instruire qu'une vingtaine d'enfans à la fois, en sorte que les instructions religieuses ne peuvent avoir lieu pour la population entière qu'à la condition d'en restreindre la durée. Cet inconvénient m'a vivement préoccupé, et, pour y remédier, j'ai pensé qu'il était indispensable d'effectuer de nouvelles divisions cellulaires dans la chapelle, où l'on pourrait appeler un plus grand nombre d'enfans à recevoir simultanément les secours de la religion. Je m'occupe en ce moment de ce projet, qui aura l'avantage de donner plus d'extension tout à la fois à l'enseignement religieux et à l'enseignement du dessin, auquel l'ancien parloir resterait spécialement affecté, et j'aurai l'honneur de soumettre prochainement à Votre Excellence une proposition à cet égard.

Voici, du reste, quels ont été les résultats de l'enseignement religieux pendant l'année 1844 :

Sur les 443 enfans composant la population au 1er janvier 1845, 378 participaient à cet enseignement ; ceux qui en étaient exclus étaient ou trop jeunes pour y assister, ou dans un état de santé qui devait les en éloigner. Sur ces 378 enfans, 62 seulement n'étaient encore qu'à l'étude des prières ou du petit Catéchisme, 171 étaient plus ou moins avancés dans celle du grand Catéchisme, 96 étaient appliqués à celle de l'Evangile, et 49 l'avaient terminée et attendaient une instruction supérieure.

De ces 378 enfans appelés aux instructions religieuses, 169 avaient fait leur première communion, dont 132 dans l'année et dans la maison, 209 au contraire ne l'avaient point faite encore. Ces chiffres pourraient, au premier aspect, impliquer une sorte de contradiction avec les degrés d'étude que je viens d'indiquer ; mais, pour éviter toute induction fâcheuse, je m'empresse de vous annoncer, Monsieur le Ministre, que sur les 209 enfans qui, au 1er janvier dernier, ne s'étaient point encore approchés de la Sainte Table, 8 seulement avaient été écartés pour indignité. Quant aux autres, il ne s'agit à leur égard que d'une question de tems, de convenance et d'opportunité, et M. l'aumônier assure que rien dans leur conduite ne paraît devoir être un obstacle à ce qu'ils reçoivent le sacrement de l'Eucharistie.

Instruction élémentaire.

Je n'ai, comme par le passé, que des résultats satisfaisans à signaler à Votre Excellence, au sujet de l'instruction élémentaire qui, ainsi que je l'ai dit dans mes rapports des 6 février

10

1843 et 18 avril 1844, s'étend à la lecture, à l'écriture et au calcul.

Au 1er janvier dernier, 384 enfans, c'est-à dire toute la population des jeunes enfans jugés, participaient aux leçons, et parmi eux 64 savaient lire, écrire et calculer, 32 savaient lire et écrire et commençaient à compter, 80 savaient lire et écrire, 106 avaient un commencement de lecture et d'écriture, les 102 restans composaient la première classe comprenant le premier degré d'enseignement et étaient appliqués depuis peu de tems à la lecture et à l'écriture, qu'ils ne connaissaient pas encore.

Travail industriel.

Les produits des ateliers, pendant l'année 1844, se résument par les moyennes suivantes :

Nombre de journées de travail par mois......	5982.
Nombre de travailleurs par jour............	238.
Produit par mois..........................	1709 fr.
Produit moyen de la journée d'un enfant.....	28 c. 56

En 1843, les produits moyens du mois se sont élevés à 2,263 fr., et le produit moyen de la journée à 31 c 73. Il y a donc diminution pour 1844.

Cette diminution, que j'avais en quelque sorte prévue, tient aux diverses causes que j'ai indiquées dans mon rapport du 18 avril 1844. Ainsi, la différence en moins qu'on remarque dans le produit de chaque mois, en 1844, s'explique non seulement par quelques réductions apportées dans les prix de journées, lors du renouvellement, en novembre 1843, des marchés passés avec la plupart des entrepreneurs des travaux, réductions auxquelles l'Administration a dû consentir, le tems de travail des enfans ayant été lui-même réduit par la fréquence et la durée plus longue des promenades, mais encore et surtout par la diminution du nombre des travailleurs figurant aux feuilles de paie. Cette diminution dans le nombre moyen des travailleurs salariés se justifie elle-même par la présence à la maison centrale d'un plus grand nombre de prévenus, c'est-à-dire d'enfans qui commencent leur apprentissage et ne peuvent être conséquemment payés par les confectionnaires. En 1843, le nombre moyen de ces enfans n'avait pas dépassé 24, tandis que pour 1844, il s'est élevé, comme on l'a vu, à 60.

Quant à la diminution du produit moyen de la journée, il

faut la rapporter d'abord à la réduction des prix de journées dont je viens de parler, et ensuite à la cause, toujours subsistante, de l'abaissement de la durée de la détention par l'effet des libertés provisoires qui, concurremment avec les libérations définitives, ont amené la disparition presque entière des apprentis de 3e, 4e et 5e années, c'est-à-dire des travailleurs les plus anciens et les mieux rétribués.

A la fin de 1844, de nouveaux examens ont eu lieu dans les divers ateliers sous le rapport de l'éducation industrielle des enfans. Ces examens qui ont été, comme par le passé, confiés à des experts désignés, sur ma demande, par M. le président du tribunal de commerce, sont venus généralement confirmer les résultats obtenus en 1841 et 1842. Ainsi, la plupart de MM. les examinateurs m'ont adressé des rapports favorables sur la direction donnée aux travaux, sur l'habileté des contre-maîtres, sur les moyens employés pour que l'apprentissage des enfans soit aussi complet que possible, etc.; quelques-uns ont paru regretter que la fabrication, dans certains ateliers, ne s'étendît pas à un plus grand nombre d'articles, d'autres ont présenté des observations sur la division du travail et sur les inconvéniens résultant de ce que l'ouvrier n'achève pas toujours l'ouvrage qu'il commence. Ces observations ont été prises par moi en grande considération, et j'ai dû signifier immédiatement aux entrepreneurs qu'ils eussent à se conformer sur ce point, non seulement à la lettre, mais encore à l'esprit des conventions auxquelles ils ont souscrit.

Enseignement du Dessin.

Au 1er janvier dernier, 53 enfans désignés par leur aptitude et la nature de la profession qui leur était enseignée, suivaient les leçons du dessin. Sur ce nombre, 7 n'étaient encore appliqués qu'au tracé des lignes, 30 copiaient des modèles de force progressive et 16 dessinaient d'après la bosse.

J'aurais voulu admettre un plus grand nombre d'enfans au cours dont il s'agit, lequel a lieu comme l'enseignement religieux dans l'ancien parloir, mais j'ai reconnu qu'en raison de l'exiguité de cette localité, il n'était pas possible, du moins quant à présent, de donner une plus grande extension à ce cours, sans nuire à d'autres parties du service. Le nombre des enfans admis à profiter des leçons de dessin ne pourra être augmenté que lorsque les divisions cellulaires de la chapelle auront été pratiquées, et que l'enseignement religieux y aura été, en quelque sorte, concentré. Alors, ainsi que je l'ai dit plus haut, l'ancien parloir sera spécialement affecté aux leçons de dessin, et l'espace disponible permettra d'appeler à ces leçons tous les enfans pour lesquels le dessin pourrait être un art utile.

Résultats moraux. — Discipline.

L'année dernière, et pour que Votre Excellence pût se bien pénétrer de l'influence du régime cellulaire sur les dispositions morales des enfans, j'ai comparé, en prenant pour base une période de même durée, les punitions encourues sous ce régime avec celles infligées sous le régime en commun, et il est résulté de cette comparaison que la moyenne des punitions s'est élevée à 1170, pour les années du régime en commun, et à 398 seulement, pour celle du régime cellulaire.

En 1844, cette moyenne de 398 a été dépassée d'une manière assez sensible, et le nombre des punitions s'est élevé à 693. Ces punitions ont été principalement motivées par les tentatives que font les enfans pour communiquer entre eux, et par le mauvais vouloir qu'un petit nombre apporte dans la manière de travailler. L'augmentation des punitions, en 1844, s'explique du reste par le mouvement plus considérable de la population, depuis que les prévenus, qui étaient autrefois renfermés aux Madelonnettes, sont dirigés exclusivement sur la maison centrale. En effet, c'est ordinairement au commencement de la détention que les punitions les plus nombreuses sont encourues.

Dans l'appréciation de l'effet moral du système d'isolement, le chiffre des récidives et des réintégrations a une valeur irrécusable ; mais je dois répéter de nouveau ce que j'ai dit à Votre Excellence dans mes rapports antérieurs, c'est que ce chiffre ne sera un élément certain de comparaison que lorsque le régime cellulaire aura été tout-à-fait complété, c'est-à-dire lorsque les voitures affectées au transport en commun auront été remplacées par des voitures cellulaires. Cette lacune sera comblée lorsque l'Administration aura mis à exécution les moyens de transport qu'elle se propose d'adopter pour le service des prisons à Paris ; mais cette mesure devra être suivie d'une autre amélioration non moins importante : je veux parler des dispositions à prendre pour que les enfans soient constamment séparés, à partir du moment de leur arrestation jusqu'à celui de leur entrée dans la maison.

Pour ordre, j'ai l'honneur d'informer Votre Excellence que

le nombre des enfans qui avaient été détenus au pénitencier de la Roquette, et qui y sont rentrés en 1844, s'est élevé à 30, dont 20 récidivistes et 10 réintégrés sans nouveaux jugemens. Sur les 20 récidivistes, 7 seulement ont été condamnés pour vol.

Je n'ai toujours qu'à me louer des récompenses que j'ai instituées, et qui contribuent si puissamment à exciter l'émulation des enfans. En 1844, le chiffre de ces récompenses s'est élevé à 2,271, dont 87 prix qui, comme les années précédentes, ont consisté en boîtes de couleurs ou d'étuis de mathématiques, mais principalement en livres dont le choix est l'objet d'une attention toute particulière. Ces résultats disent assez, Monsieur le Ministre, que la généralité des enfans a mérité des marques de satisfaction et d'encouragement au bien.

Quant à l'ordre intérieur de la maison centrale, il est irréprochable sous tous les rapports, et les employés rivalisent de zèle et d'efforts pour l'accomplissement des devoirs qui leur sont imposés. Tous les services sont l'objet de soins constans, et celui du vestiaire et de l'habillement des jeunes détenus recevra une amélioration importante si, comme je le suppose, Votre Excellence donne son approbation à l'arrêté que j'ai eu l'honneur de lui soumettre récemment au sujet de la confection des vêtemens dans la maison centrale même. Je ne reviendrai pas sur les considérations que j'ai développées dans la dépêche qui accompagnait ce projet d'arrêté, mais je rappellerai à Votre Excellence que la mesure que je lui propose permettra de confectionner des vêtemens à la taille des enfans, et d'introduire dans le service un aspect de tenue et de propreté qui, je dois le dire, n'a pas été jusqu'ici tout-à-fait satisfaisant.

Je terminerai ce rapport, Monsieur le Ministre, en exprimant ici, comme les années précédentes, les témoignages de gratitude que je dois à la Commission de surveillance instituée près la maison centrale, pour le concours et l'appui qu'elle n'a cessé de me prêter chaque fois que j'ai eu recours à ses lumières et à son zèle pour le bien public.

Agréez, Monsieur le Ministre, l'hommage de mon respect.

Le Pair de France, Préfet de Police,

G. DELESSERT.

PRÉFECTURE DE POLICE.

RAPPORT

A M. LE MINISTRE DE L'INTÉRIEUR,

SUR

LA MAISON CENTRALE D'ÉDUCATION CORRECTIONNELLE DE PARIS.

Paris, le 27 *Février* 1847.

MONSIEUR LE MINISTRE,

Au moment où le projet de loi sur le régime des prisons va être soumis aux délibérations de la Chambre des Pairs, j'ai pensé que Votre Excellence ne recevrait pas sans intérêt de nouveaux renseignemens sur l'état de la maison centrale d'éducation correctionnelle de Paris, d'autant plus que deux années se sont écoulées depuis que j'ai eu l'honneur de lui adresser mon dernier rapport.

Je m'empresse donc de mettre sous les yeux de Votre Excellence les faits qui ont été observés et les résultats qui ont été obtenus dans cet établissement, pendant les années 1845 et 1846. J'observerai les mêmes divisions, pour l'ordre des matières, que celles qui ont été suivies les années précédentes.

Nature et Chiffre de la Population.

La population moyenne de la maison centrale d'éducation correctionnelle, pendant l'année 1845, a été de 469 enfans, dont

379 jugés, 50 prévenus et 40 détenus par voie de correction paternelle. En 1846, elle a été de 482 enfans, dont 371 jugés, 60 prévenus et 51 détenus par voie de correction paternelle.

Au 1er janvier 1847, la maison centrale renfermait 493 enfans, savoir :

Jugés à plus d'un an, à un an et moins d'un an. . .	356
Prévenus..	84
Détenus par voie de correction paternelle.	53
Total égal.	493

Etat sanitaire.

La moyenne des malades, pendant les mêmes années, a été, savoir :

En 1845, de 27, soit 5,75 %.
En 1846, de 16, soit 3,32 d°.

Le nombre des enfans morts dans la maison centrale s'est élevé :

En 1845, à 33, soit 7,03 %.
En 1846, à 11, soit 2,28 d°.

Mais, comme les années précédentes, il convient, pour apprécier d'une manière exacte la mortalité, d'ajouter au nombre des décès qui ont eu lieu dans la maison centrale même, celui des enfans morts au dehors après avoir été rendus à leur famille pour cause de maladie grave, et de modifier alors les chiffres des moyennes de population, en tenant compte, fictivement jusqu'à leur mort, pour ceux qui ont succombé, et jusqu'à la fin de l'année pour les autres, des journées de présence de ces enfans. En opérant ainsi, et si l'on considère que, sur 16 enfans extraits du pénitencier en 1845, pour cause de maladie, 12 sont morts depuis, et que 9 enfans sortis pour la même cause, en 1846, sont décédés, on trouve que le chiffre de la mortalité des jeunes détenus s'est élevé, en 1845, à 45, et en 1846, à 20, soit pour la première année, à 9, 59 %, sur une population moyenne rectifiée de 472 enfans, et pour la seconde, à 4, 14 %, sur une population moyenne rectifiée de 483.

Ainsi que je l'ai fait connaître à Votre Excellence par mon rapport du 8 mai 1845, la mortalité s'est élevée, en 1844, à 35 pour une population moyenne de 438 enfans, soit 7, 96 %, et, en tenant compte des décès au dehors, à 45, soit 10,22 p. %, pour une population moyenne rectifiée de 440 enfans.

En ajoutant ces derniers résultats à ceux consignés dans mon rapport du 18 avril 1844, et à ceux obtenus pour les années 1845 et 1846, on arrive à composer le tableau suivant qui résume les diverses phases de la mortalité pendant une période de 10 années et dans les deux systèmes (le régime en commun avec séparation pendant la nuit, et la séparation continue de jour et de nuit).

ANNÉES.	Population moyenne, y compris les enfans sortis pour maladie.	Nombre des décès dans la maison.	Nombre des enfans extraits pour cause de maladie.	Nombre des décès au dehors.	Total des décès, tant dans la maison qu'au dehors.	Proportion des décès par 100 enfans.
			Régime commun.			
1837	498	15	»	»	15	3, 10
1838	536	27	9	7	34	6, 34
1839	513	40	42	28	68	13, 25
			Régime cellulaire.			
1840	459	40	19	19	59	12, 85
1841	453	48	14	2	50	11, 03
1842	450	37	40	21	58	12, 88
1843	420	36	32	18	54	12, 85
1844	440	35	16	10	45	10, 22
1845	472	33	16	12	45	9, 59
1846	483	11	9	9	20	4, 14

Dans mes précédens rapports, j'ai fait remarquer à Votre Excellence, et cela résulte du tableau qui précède, que la mortalité qui s'était continuellement accrue dans le régime en commun était restée stationnaire avec le système cellulaire, c'est-à-dire pendant les années 1840, 1841, 1842 et 1843, avec une tendance à diminuer, et que cette tendance était devenue plus marquée en 1844, année où la proportion n'a été que de 10,22 p. %, au lieu de 12,85 en 1843.

Aujourd'hui, Votre Excellence verra sans doute avec satisfaction que la diminution des décès à la maison centrale a été plus sensible encore dans les deux dernières années qui viennent de s'écouler et qu'elle a été tout-à-fait prononcée en 1846, puisque la proportion en a baissé à 9,59 en 1845, et à 4, 14 en 1846. Ce dernier chiffre surtout est on ne peut plus significatif, et si la proportion qu'il indique devait se maintenir dans l'avenir, la question sanitaire serait plus victorieusement que jamais résolue contre les adversaires du système d'isolement. Il n'est pas en effet sans intérêt de remarquer que le chiffre de la mortalité au pénitencier qui, en trois années de régime en commun, s'était successivement élevé de 3,01 p. %, à 13,35, n'a plus été, pendant la première année d'isolement, que de 12,85 pour descendre successivement à 4, 14, soit, à 1 p. % près, le chiffre qui a fourni le point de départ et la proportion la moins élevée du régime en commun.

Mais tout en constatant avec empressement le décroissement si heureux de la mortalité en 1846, je dois dire cependant qu'il ne serait pas sage d'en tirer des conséquences trop positives pour l'avenir. En effet, et ainsi que je l'ai déjà fait remarquer à Votre Excellence, il entre toujours dans la maison centrale d'éducation correctionnelle un nombre considérable d'enfans nés scrofuleux ou dont la constitution est déjà profondément altérée par la misère ou la débauche, et c'est ordinairement sur cette partie de la population que la mortalité sévit dans la plus grande proportion. Il est donc possible que le nombre des décès soit toujours assez élevé au pénitencier, et que les élémens incontestables d'amélioration qui ont été introduits dans cet établissement ne combattent pas toujours aussi heureusement qu'en 1846, les maladies qui pourront frapper les enfans à leur entrée dans la maison.

Je ne dois pas d'ailleurs omettre de faire connaître ici, pour aller au-devant de toutes les objections, et pour ne rien dissimuler en ce qui touche la question de la mortalité au pénitencier, que la population de cette maison, qui, jusqu'en 1843, ne se composait que d'enfans jugés ou détenus par voie de correction paternelle, contient aujourd'hui, outre ces deux catégories, un certain nombre d'enfans *prévenus*, dont la plupart ne séjournent que peu de tems dans l'établissement et que cette circonstance a pu influer peut-être sur la diminution de la mortalité ; mais je dois ajouter aussi que le nombre de ces enfans a toujours été peu considérable, puisqu'il n'a pas dépassé en moyenne 60 en 1844, 50 en 1845, et 60 en 1846, et que ces nouveaux élémens de population, voulût-on en tenir compte pour l'appréciation de la proportion des décès, n'affecteraient que d'une manière fort peu sensible les chiffres consignés au tableau d'autre part.

En définitive et de quelque manière qu'on veuille envisager les faits, il est constant que l'abaissement dans le chiffre proportionnel des décès a continué pendant les deux dernières années et qu'il a été considérable en 1846, d'où je conclus que, s'il y a témérité à penser que les années suivantes amèneront toujours des résultats aussi heureux, il est au moins permis d'espérer que la mortalité ne reviendra plus au chiffre qui, il y a quelques années, préoccupait, avec quelque raison peut-être, des esprits moins convaincus que je ne l'étais d'un avenir meilleur.

Ces résultats et le chiffre toujours très bas des admissions à l'infirmerie ont été principalement déterminés par les mesures qui ont été successivement introduites dans le régime de la maison centrale d'éducation correctionnelle et qui ont embrassé en même tems l'habillement, l'habitation, la nourriture et l'exercice des jeunes détenus : l'habillement, par la substitution permanente de vêtemens de drap aux vêtemens de toile ; l'habitation, par un système meilleur de ventilation et de chauffage ; la nourriture, par la substitution du pain bis-blanc au pain bis ; l'exercice, enfin, par la création des promenoirs individuels qui existent maintenant sur les terrains vagues entourant l'établissement.

Quant à cette dernière mesure, je m'empresse d'annoncer à Votre Excellence que son influence a été pour ainsi dire immédiate et que mes prévisions à cet égard se sont complètement réalisées. En effet, la création des promenoirs a permis de procurer chaque jour à tous les enfans, sans exception, un exercice suffisant et de renouveler entièrement l'air de leurs cellules pendant le tems qu'ils se livrent à la promenade. De l'ensemble de ces dispositions, il est résulté un bien-être pour les enfans, qui a puissamment réagi sur leur santé, et je n'hésite pas à constater ici que c'est principalement au développement des exercices corporels que doit être attribuée la diminution de mortalité qui s'est fait remarquer en 1845 et en 1846. Si ce fait capital n'était de nature à rassurer même les esprits les plus prévenus, je ne voudrais, pour dissiper toutes craintes à cet égard, que le témoignage consigné par M. le docteur Paris, médecin de la maison centrale, dans le rapport que j'ai eu l'honneur de transmettre à Votre Excellence, le 29 janvier dernier.

Comme en 1844, je terminerai mes observations sur l'état sanitaire des jeunes détenus, en vous faisant remarquer, Monsieur le Ministre, que si, pendant les années 1845 et 1846, quelques troubles se sont manifestés dans les idées d'un petit nombre d'enfans, ces troubles n'ont été que momentanés et ont facilement cédé aux moyens employés par la médecine pour les combattre. Du reste, aucun de ces cas n'a été signalé comme ayant pris sa source dans le régime d'isolement, et je ne puis que répéter encore à cette occasion que ce régime, tel qu'il est conçu, ne peut porter atteinte à la raison des détenus.

Enseignement religieux.

Sur 392 enfans qui participaient au 1er janvier 1846 à cet enseignement, 32 n'en étaient encore qu'à l'étude des prières ; 27 étaient à celle du petit Catéchisme ; 47 à l'enseignement de la première partie du grand Catéchisme ; 58 à celui de la seconde ; 67 revoyaient le grand Catéchisme dans son ensemble ; 93 se livraient à l'étude de l'Evangile ; 68 l'avaient terminée.

Sur le même nombre de 392 enfans, 203 avaient fait leur première communion, dont 104 dans l'année ; 189 ne l'avaient pas faite encore.

Au 1er janvier 1847, 352 enfans participaient aux diverses études que je viens d'indiquer et parmi eux : 48 étaient à celle des prières ; 62 à celle du petit Catéchisme ; 45 à l'enseignement de la première partie du grand Catéchisme ; 43 à celui de la seconde ; 46 revoyaient le grand Catéchisme dans son ensemble ; 25 se livraient à l'étude de l'Évangile ; 83 l'avaient terminée.

Sur le même nombre de 352 enfans, 182 avaient fait leur première communion dont 75 dans l'année ; 170 ne l'avaient pas faite encore.

En 1845 comme en 1846, il ne s'agissait du reste pour ceux qui n'avaient pas approché de la Sainte Table que d'une question de tems et d'opportunité, et non d'une cause d'indignité. M. l'abbé Crozes, aumônier de la maison centrale, continue au contraire à se louer des bonnes dispositions qu'il rencontre chez la presque totalité des enfans qu'il est appelé à instruire.

Dans mon rapport du 8 mai 1845, je fesais observer à Votre Excellence, que l'enseignement religieux avait lieu dans l'ancien parloir de la maison où il n'existait que 20 divisions cellulaires, lesquelles servaient aussi à l'enseignement du dessin, en sorte que les instructions religieuses ne pouvaient se faire pour la totalité de ceux qui étaient appelés à y participer qu'à la condition d'en restreindre la durée; j'ajoutais que cet inconvénient m'avait vivement préoccupé, et que, pour y remédier, il me paraissait indispensable d'effectuer des divisions cellulaires dans la chapelle où l'on pourrait appeler un plus grand nombre d'enfans à recevoir simultanément les secours de la religion. Depuis, Votre Excellence a pensé qu'il était convenable de pousser plus loin cette étude et d'examiner s'il ne serait pas possible de disposer la chapelle entière en cellules, afin de pouvoir faire assister les jeunes détenus aux exercices du culte dans de meilleures conditions. En effet, les enfans, pendant l'office divin, ne quittaient pas leurs cellules et ne pouvaient s'associer que mentalement à la célébration de la messe; ils ne ressentaient pas ainsi l'effet salutaire des cérémonies religieuses, ni ce qu'elles ont d'imposant et de solennel. D'un autre côté, il n'était guère possible de les surveiller tous d'une manière convenable pendant les exercices dont il s'agit.

Fort de l'assentiment de Votre Excellence et pénétré moi-même de l'importance des mesures qu'elle m'avait indiquées, je me suis empressé de faire faire les dispositions nécessaires pour la division cellulaire de la chapelle. Vous savez, Monsieur le Ministre, que cette chapelle renferme aujourd'hui 178 cellules et qu'un nombre égal d'enfans, conséquemment, peuvent y entendre la messe et recueillir à la fois la parole du prêtre. J'ajoute que la population entière de la maison centrale pourra participer à la célébration du culte dès que Votre Excellence, à laquelle j'en ai fait la proposition, aura autorisé l'adjonction de deux nouveaux prêtres à l'aumônier actuel qui, d'après les règles canoniques, ne peut dire qu'une seule messe dans la chapelle les dimanches et jours fériés.

Cette amélioration capitale aura dans l'avenir une signification non moins importante, sous un autre point de vue, que l'établissement des nouveaux promenoirs, car elle contribuera puissamment au développement des principes de moralisation sur lesquels repose le régime cellulaire.

Enseignement élémentaire.

Au 1er janvier 1846, 397 enfans composant la population des jugés, participaient à cet enseignement, et parmi eux: 47, formant la première classe, étaient aux premiers élémens; 77, formant la seconde, commençaient à écrire et à épeler; 69, formant la troisième, lisaient et écrivaient; 51, formant la quatrième, savaient lire et écrire et commençaient à calculer; enfin, 153, formant la classe la plus élevée, savaient lire et écrire et étaient appliqués aux quatre règles de l'arithmétique.

Au 1er janvier 1847, les cinq classes dont les degrés d'enseignement viennent d'être indiqués comprenaient 356 enfans formant également la population des jugés et se composaient de la manière suivante :

1re Classe	....	32	enfans.
2e —	....	66	—
3e —	....	45	—
4e —	....	63	—
5e —	....	150	—

Ainsi que Votre Excellence pourra s'en convaincre, ces résultats, comparés à ceux qui avaient été obtenus les années précédentes, accusent des progrès qui témoignent de la sollicitude de l'Administration et de l'intelligent concours des personnes qui participent à l'éducation des enfans renfermés dans la maison centrale d'éducation correctionnelle. J'appelle principalement l'attention de Votre Excellence sur l'élévation du chiffre des classes supérieures; cette élévation est d'autant plus significative que le plus grand nombre des enfans qui sont amenés au pénitencier n'ont reçu aucune instruction. Ainsi, sur 204 enfans entrés en 1845, 16 seulement savaient lire, écrire et calculer; 9 savaient lire et écrire; 34 le savaient à un degré moindre; 31 lisaient seulement et 114 ne savaient absolument rien. Sur 225 enfans entrés en 1846, 9 seulement savaient lire, écrire et calculer; 11 savaient lire et écrire; 41 savaient lire et un peu écrire; 34 n'avaient qu'un commencement de lecture et d'écriture; 130 ne savaient rien.

A la sortie des enfans, ces proportions se trouvent tout-à-fait renversées, et certes, c'est là le résultat le plus satisfaisant que je puisse annoncer à Votre Excellence.

Enseignement industriel.

Cet enseignement offre les résultats suivans pour les années 1845 et 1846:

	1845.	1846.
Nombre de Journées de travail par année.	86,992	90,662
Nombre moyen des Journées de travail par mois. . . .	7,249	7,555
Produit du travail par année.	24,258f 05c	29,735f 50c
Produit moyen par mois.	2,021 50	2,477 50
Produit moyen de la Journée d'un enfant.	27 88	32 57

Ce rapprochement constate une supériorité marquée des produits et de la moyenne des prix de journée de 1846 sur 1845. Ce double résultat doit être attribué, non seulement à l'augmentation de la population qui donne un plus grand nombre de journées de travail, mais encore à la durée de la détention qui, étant plus longue, permet aux jeunes détenus d'atteindre un salaire plus élevé. En effet, l'augmentation ou la diminution dans les produits ne peut se déterminer par le plus ou le moins d'ardeur des enfans au travail, puisque pour tous ce travail est représenté par un prix de journée.

Toutefois, je me hâte de dire à Votre Excellence que les progrès dans l'enseignement industriel sont constatés par les confectionnaires eux-mêmes qui, pour la plupart, se louent de l'aptitude et de la bonne volonté des enfans qu'ils occupent.

Enseignement du Dessin.

Au 1er janvier 1846, 46 élèves étaient appliqués à l'étude du dessin, et parmi eux, 19 dessinaient d'après la bosse, et 27 d'après les modèles au trait.

Au 1er janvier 1847, le nombre des enfans composant la même école était de 54 dont 20 dessinaient d'après la bosse, et 34, à des degrés inégaux, d'après les modèles au trait.

Les élèves de la classe du dessin continuent du reste à être choisis parmi les enfans qui suivent un état pour lequel cet art peut être utile, notamment les jeunes ouvriers des ateliers de ciselure, de bijouterie et de sculpture sur bois.

Comme les années précédentes, je ne puis qu'exprimer la satisfaction de l'Administration pour le zèle qu'apportent dans l'enseignement du dessin MM. Patrois et Daix qui sont depuis longtems autorisés à professer cet art au pénitencier.

Dans mon rapport du 8 mai 1845, j'expliquais à Votre

Excellence que les cours de dessin avaient lieu, comme l'enseignement religieux, dans l'ancien parloir, et que le nombre des enfans admis à profiter de ces leçons ne pourrait être augmenté que lorsque les divisions de la chapelle seraient effectuées. Cette opération étant aujourd'hui terminée, ainsi que je l'ai dit plus haut, l'ancien parloir restera spécialement affecté aux leçons de dessin et il sera permis dorénavant de faire participer à ces leçons un plus grand nombre d'enfans et de fortifier, par ce moyen, leur éducation industrielle. (1)

Dépense.

Je n'ai rien à dire en ce qui concerne la dépense annuelle, si ce n'est que le prix de journée de chaque enfant s'est élevé, en 1845 et 1846, et comme les années précédentes, à 1 fr. 10 c. environ, déduction faite du produit des travaux qui profitent à l'Etat. Pour 1846, il reste encore quelques dépenses à liquider, mais on peut affirmer maintenant qu'à moins de circonstances extraordinaires, résultant de la cherté momentanée de certaines denrées, notamment de celle du pain, la dépense d'un enfant à la maison centrale d'éducation correctionnelle ne dépassera jamais 1 fr. 15 c. par jour.

Résultats moraux. — Discipline.

En 1845, j'avais signalé, pour 1844, une augmentation dans le nombre des punitions par rapport aux années précédentes. Je dois dire ici que cette augmentation s'est continuée pour les deux années qui viennent de s'écouler. En 1845, les punitions se sont élevées à 905, et en 1846, à 1108. En s'arrêtant à ce dernier chiffre, les punitions seraient à peu près ce qu'elles étaient dans le régime en commun, *moins la gravité des causes.*

Cette augmentation dans le chiffre des punitions s'explique tant par l'accroissement de la population et par la multiplicité des mouvemens de la journée qui sont pour les enfans une cause continuelle de dissipation, que par la sévérité des employés qui doit devenir plus grande en raison même de ces mouvemens et des inconvéniens qui en résulteraient s'ils n'étaient contenus. La présence des prévenus qui, dans les com-

---

(1) Il est inutile de rappeler ici, que, dans toutes les circonstances où ils sont placés pour leur éducation religieuse, morale ou professionnelle, les enfans restent toujours soumis au régime de séparation absolue qui gouverne la maison.

mencemens de la prévention, manquent souvent aux règles de la discipline, contribue aussi pour beaucoup à augmenter le chiffre des punitions.

Du reste, si le nombre des punitions s'est accru d'une manière assez sensible, celui des récompenses a plutôt augmenté que diminué. En 1845, il a été décerné 2253 récompenses, dont 69 prix, et en 1846, 2268 récompenses dont 84 prix. Ces récompenses continuent toujours à être un puissant stimulant pour les enfans qui les obtiennent comme pour ceux qui cherchent à les mériter.

En 1845, il est rentré à la maison centrale 21 récidivistes qui ont été condamnés par de nouveaux jugemens. En 1846, le nombre des récidivistes ne s'est élevé qu'à 9; mais il y a eu 11 réintégrations, pour cause d'inconduite, d'enfans qui avaient été mis en liberté provisoire.

Ainsi que je l'ai fait remarquer à Votre Excellence dans mes rapports précédens, ces chiffres n'auront de valeur réelle que lorsque le régime cellulaire aura été complété, c'est-à-dire lorsque ce régime pourra être appliqué au moment de l'arrestation de chaque détenu et continué sans interruption jusqu'à sa mise en liberté. Une amélioration très grande a déjà été introduite dans ce but : je veux parler des voitures cellulaires qui sont en ce moment affectées au transport des jeunes détenus; mais il reste encore à prendre des mesures pour isoler les enfans du moment de leur arrestation jusqu'à leur entrée dans la maison centrale.

La discipline est toujours excellente et l'ordre règne dans tous les services. Je n'ai qu'à me louer du zèle des employés qui, à quelque degré qu'ils appartiennent, trouvent dans leur dévouement les forces nécessaires pour suffire à la tâche vraiment laborieuse qui leur est imposée.

Ici se terminent, Monsieur le Ministre, les renseignemens que j'avais à soumettre à Votre Excellence sur le régime de la maison centrale d'éducation correctionnelle, pendant les années 1845 et 1846.

J'ajouterai cependant, que de nouvelles améliorations ne tarderont pas à être introduites dans cet établissement. En ce qui concerne le régime alimentaire, Votre Excellence m'a autorisé, l'année dernière, à faire délivrer à un certain nombre d'enfans d'une constitution faible ou maladive, et pendant certains jours de la semaine, une ration grasse exceptionnelle composée de viande cuite à la casserole. Vu le chiffre toujours si bas des malades, j'ai cru pouvoir négliger ces distributions extraordinaires en 1846; mais le nombre des admissions à l'infirmerie ayant un peu augmenté depuis quelque tems, j'ai donné des ordres pour la mise à exécution d'une mesure qui, d'après l'avis du médecin, ne pourra qu'avoir une influence favorable sur la santé des enfans. D'un autre côté, la division de la chapelle permettra de s'occuper de l'étude du chant à la maison centrale d'éducation correctionnelle, et l'introduction de cette étude qui touche également à la santé des enfans, en ce qu'elle tend à développer des organes essentiels, contribuera en outre à faciliter l'emploi du tems le dimanche et à soustraire les enfans à l'ennui qui, ce jour-là, exerce sur quelques-uns d'entre eux une influence fâcheuse.

Comme les années précédentes, la Commission de surveillance instituée près la maison centrale s'est empressée de m'éclairer de ses lumières, toutes les fois que j'ai eu à la consulter sur le régime de cet établissement, et je ne puis que lui offrir ici un nouveau témoignage de ma reconnaissance.

Agréez, Monsieur le Ministre, l'hommage de mon respect.

Le Pair de France, Préfet de Police,

G. DELESSERT.

TABLE.

BOUCQUIN, imprimeur de la Préfecture de Police, successeur de LOTTIN DE SAINT-GERMAIN, rue de Jerusalem, 3. — Paris, 1847.

www.ingramcontent.com/pod-product-compliance
Ingram Content Group UK Ltd.
Pitfield, Milton Keynes, MK11 3LW, UK
UKHW020329250726
13967UKWH00004B/1942